-minu

Bettmümpfeli für Grosse
Band 8

© 1987 Buchverlag Basler Zeitung
Druck: Basler Zeitung, 4002 Basel
Printed in Switzerland

ISBN 3 85815 146 7

-minu

Bettmümpfeli für Grosse

mit Zeichnungen von Hans Geisen

Band 8

Buchverlag Basler Zeitung

Frühlingsanfang

Das hatte gerade noch gefehlt: Die Bettdecke klebt am Schnauz – leicht angefroren. Die Heizung ist einmal mehr ausgestiegen. Und draussen flaumt der Schnee. Ein froher Frühlingsanfang das!

Dabei soll's heute losgehen. Aber das einzige, das losgeht, ist meine Linda. Sie staubsaugert durch den Gang. Und singt die 18 Strophen von «Komm liebes Mai und maaaache...».

«Ruhe!!!!!!»

Jetzt streckt sie den Kopf herein: «Aha – du wieder morgenmuffliges. Dabei kommen morgen das Frühling!» Dann hämisch: «...und warmes Wasser ist auch futsch. Das Boilerkübel tropft!»

Ich lege mich in die steinbeingefrorenen Kissen zurück. Schliesse die Augen. Denke an ein Zipfelchen Sonne über der Piazza Navona. An blühende Oleander-Büsche. Und an einen Hitzschlag.

Aber nichts da: «Null Grad», meldet der Radiofrosch. Dann bringen sie das Kufsteinlied. So versaut man mir einen Morgen.

Natürlich springt die Karre nicht an. Der Motor röchelt gequält. Ich mit ihm. Dann rufe ich ein Taxi.

Der Chauffeur ist eitel Sonnenschein: «Saumorgen, was?! Machen Sie sich's bequem – wohin fahren wir? Aha – Kleinhüningen. Da muss ich in Olten kehren, haha!»

Auch das noch – jetzt habe ich wieder einen von der Quassel-Kategorie erwischt. Dabei wünsche ich mir nichts anderes als Ruhe. Und einen stillen Morgen. Denn noch sind die Ganglien nicht im Gang. Und überhaupt ist Dämmerzustand. Und ich will jetzt noch ein bisschen ruhig vor mich hin dös-dämmern.

Aber nein: «Also – drei Jahre habe ich den Winter nun in Kenia verbracht. Und hier das! Ich meine, diese Kälte ist doch eine Zumutung. Letztes Jahr war's im August in Kenia auch so kalt. Und ich sage Ihnen: das sind die Atombomben. Die schreiben ja nur von den Autoabgasen... Haben sie den gesehen. Typisch. Natürlich eine Frau!»

Ich habe den nicht gesehen, der eine Frau ist. Und ich will Ruhe. Aber wer hat schon den Mut, einem Taxichauffeur zu sagen, er soll sich einen Katalysator einbauen, bevor er spricht? – Eben.

«Stört es Sie, wenn ich rede?»

Ich schüttle erledigt den Kopf – und er tritt bereits über die Ufer: «Wissen Sie – wir stehen manchmal eine Stunde auf dem Standplatz. Und reden mit niemandem ein Wort. Nur Radio. Und Kreuzworträtsel. Und da ist es ein richtiges Bedürfnis...

Also jetzt darf man hier auch nicht mehr durch. In dieser Stadt ist es wie in einem Irrenhaus, sage ich Ihnen. In Kenia ist alles viel einfacher. Da...»

Es folgen die Vorzüge über Kenia, wo höchstens ein paar Gnus die Kreuzung behindern.

Auf der Autobahnbrücke ist die Welt betongrau. «SONNE STATT MAUERN» steht da gross geschrieben. Meinen Segen haben die.

«...man müsste solche Schmierfinke in Arbeitslager stecken!» nervt sich der Fahrer.

Ich unterbreche sanft: «Wünschen Sie denn keine Sonne – heute ist doch Frühlingsanfang?»

Der Chauffeur schaut in den Rückspiegel: «Wenn ich Sonne will, fahre ich nach Kenia...»

In der Morgensitzung gähnt alles. Wir gehen das Programm durch: Politische Veranstaltungen zugunsten der Dritten Welt... Initiative gegen Atomwerke... Session im Bundeshaus.

«Wir sollten noch etwas über den Frühlingsanfang haben», brummt der Chefredaktor in den grauen Zigarrenrauch. Dann ein Blick auf mich: «Kneif dich in den Allerwertesten...»

Sonne? Frühling? – Vielleicht ist Kenia gar nicht so schlecht...

Nackte Tatsachen

Die Idee ist sonnig. Frühlingshaft.

Wir nehmen acht Redaktoren. Fotografieren sie nackig mit Weichfilter. Auf der andern Seite dann luftig sommerbedresst. Das Ganze als aktuelle Doppelseite «Redaktoren bieten nackte Mode-Facts!»

Aus.

Soweit. So spassig.

Jetzt kommt die Realisation. Wir suchen zuerst einmal acht Redaktoren, die einigermassen ihren Mann stellen. Rein optisch. Doch da fängt das Theater schon an. Denn Redaktoren sind hässliche Menschen. Mit Bauch. Und Bart. Und Zottelhaar. Nur so wird man beispielshalber als Feuilletonist ernst genommen. Die Feuilletonisten sind die hässlichsten von allen – aber nicht die wertlosesten (von der Innenseite betrachtet. Wen aber interessiert bei der Mode die Innenseite? – Eben!)

Wir gehen zuerst zu den Herren im «Sport». Dort denkt man sich die Muskeln. Aber man denkt falsch. Im «Sport» hangen sie herum, wie Hängematten. Schlaff. Und aufwattiert.

Beim Wort «nackt» fallen sämtliche Redaktoren wie ältere Jüngferchen in Ohnmacht: «Umshimmelswillen... das können wir doch nicht... nein aber auch!»

Und die Brüder, die ansonsten bei jeder Kaffee-

pause die knackigen-nackigen Blick- oder Play-
boy-Damen mit zünftigen Zoten und «Ho!...
ho!... ho! hast du gesehen... wie Töff-Lam-
pen...!» kommentieren, werden nun tomatenrot.
Sie sabbern Schwesternprüdes vor sich hin: «...
und was sollen denn da die Nachbarn von uns
denken.»

Gottlob sind nun (vermutlich auch von einem ge-
stressten Mode-Redaktor) für ähnliche Fälle
Boxershorts erfunden worden. Wir kaufen also
ein. In allen Grössen und Verzierungen. Aber jetzt
geht das Theater erst recht los: «... nein, die mit
den Elefäntchen nehme ich nicht... und beim
Kakteen-Muster sieht man durch... hat's nichts
mit einem fauchenden Löwen?»

Der fauchende Löwe sieht eher wie eine meckern-
de Ziege aus.

Ein anderer Redaktor nimmt uns verstohlen auf
die Seite: «Weisst du mir eine Bräunungs-Crème.
Ich will nicht so weiss fotografiert werden...» Er
knübelt ein Ferienfoto von Mallorca («Familien-
glück mit Kinder») aus dem Portemonnaie: «So
braun war ich mal... das sieht irr gut aus!»

Ich verspreche ihm die Karotten-Lotion von Ma-
rika Röck und einen Flauschfilter vom Fotogra-
fen.

Ein anderer: «Also, du hast doch Beziehungen
zum Ballett...»

Habe ich.

«Und die Tänzer haben doch immer so etwas vorne...» Jetzt fängt er zu stottern an: «also... ich kenn' mich da ja nicht aus... aber es ist eine Einlage... und es sieht halt doch nach etwas aus... und da habe ich gedacht, ob ich nicht...»

Er bekommt die Hasenpfote.

Ein dritter grüsst nicht mehr. Ich gehe in sein Büro. Schliesse die Türe: «Also, was ist los?»

«Du hast mich nicht gefragt!»

«Was nicht gefragt?»

«Eben – ob ich da auch mitmachen würde als Redaktoren-Mannequin. Ich hätte natürlich nein gesagt. Aber du hättest zumindest fragen müssen...»

Er schmollt noch heute.

Liebe Freunde dieses Blattes: In der Nacht zum Freitag findet das Ereignis des Kometen Halley statt. Am 21. März das Ereignis der nackten Redaktoren-Beilage.

Die Sache mit dem Halley wird sich in 76 Jahren wiederholen.

Die Sache mit den Redaktoren nicht!

Geheimnisvolle Hyazinthen

Grossmutter pflegte einen Wintergarten. Nichts Grossartiges. Das Ganze war eine Glasterrasse mit Specksteinboden. Und mit grazilen Blumentischlein, die wuchtige Cachepots balancierten.
In diesen Keramik-Töpfen wucherte Grossmutters Stolz: Asparagus... Viola Parma... Ficius elastica, vulgo: der Gummibaum.
Der Wintergarten atmete eine ureigene Ambiance aus. Grossmutters Stolz war die kleine Orangerie. Und ihre Freude Mutters Ärger: «Ich weiss nicht, wie Du das machst – mein Philodendron hat schon wieder den Geist aufgegeben...»
«Man muss mit den Pflanzen reden – wie mit Menschen!» hat uns Grossmutter immer wieder gelehrt. «Dann fühlen sie sich wohl... gedeihen...»
Uns war nun klar, weshalb Mutters Philodendren stets den Lätsch machten. Bei unserm politischen Familienklima hätte es auch den stärksten Kaktus umgehauen...
Am allerliebsten mochte ich aber die Hyazinthen. Für mich waren es Zauberblumen. Grossmutter zeigte uns die dunkeln, unförmigen Knollen: «Es ist wie im Märchen, wo aus dem hässlichen Stein ein schöner Prinz wird...»
Wir schwärmen für Märchen. Und für schöne Prinzen. Also kam die Knolle in ein hauchdünnes, violettes Glas, das oben einen Kragen hatte. Das

Ganze wurde mit einem glitzernden Spitzhütchen zugedeckt – diese Hütchen funkelten wie stanniolverpackte Waffeln auf Beizentischen. Kurz: Die Sache hatte etwas Verzaubertes. Und Grossmutter zauberte gleich nach: «Dass mir ja keiner unter das Hütchen schaut. Wenn jemand auch nur eine Sekunde kiebitzt, wird die Blume sterben ...»

Das war das Drama im Wintergarten.

Natürlich durften wir dann dabei sein, wenn Grossmutter höchst feierlich den Glitzertschäpper von der Hyazinthe wegnahm: da blühte sie, duftete; die zarteste der Blumen.

Nun habe ich kürzlich meinen Göttibuben Oliver für einige Tage zu Besuch gehabt. Wintergarten besitze ich keinen – aber Fantasie. Also graste ich die Stadt nach Hyazinthengläsern ab. Umsonst. Da gab's nur unförmige, hässliche Flaschen – nichts in lila oder violett, nein, Grauglas und Bierglas. Eine Schande ist das!

Beim Garten-Center holte ich mir drei Knollen: «Werden die rosarot?»

Der Gärtner schaute mich weniger rosa an: «Wollen Sie eine Hyazinthe oder einen Kanarienvogel?»

Natürlich bekommt man auch keine glitzernden Hyazinthen-Hütchen mehr. Die Verkäuferin rümpfte die Nase: «Lila-Glitzerhüte? Was soll das? Demnächst werden Sie Ihren Blumen noch Ohrenschoner anziehen wollen ...?»

13

So drehte ich das Hütchen aus Zeitungspapier – es war wohl ein kulturell wertvolles Magazin-Blatt. Aber doch nicht dasselbe...

Ich führte Oliver schliesslich die Knolle vor. Der war verärgert. Erstens hatte ich ihn im Computerspiel «Krieg der Sterne» gestört. Und zweitens scheint er für zauberhafte Prinzen keine Vorliebe zu haben.

«... wie ein Zauberstein. Doch wehe, wenn du das Hütchen lüpfst. Dann ist der Zauber gebrochen...» – ich machte eine dramatische Pause. Dann, mit Zittern in der Stimme: «... und die Blume gehört dem Schnitter Tod!»

Oliver gähnte: «... und du glaubst an diesen Mist? Kann ich jetzt wieder an meinen Computer zurück?»

Liebe Freunde – kein Wunder, gibt es keine Hyazinthengläser mehr!

Der Umzug

Kisten. Nichts als Kisten. Zum Kotzen!

Für viele mag Umziehen anziehend sein. Nicht für mich!

Die Vorbereitungen sind eine Tortur. Die Nachwehen sind es ebenfalls. Die Schnecke hat's einfacher. Die bleibt ein Leben lang in ihrem Haus. Und muss sich nicht mit Gipsern herumschlagen. Ich möcht' ich wär ein Schneck' – und müsste nicht vom Fleck!

Ich muss aber.

Deshalb rief ich Herrn Huber. Herr Huber zügelt als Profi. Mit Profit.

Er kam, sah und klagte: «So viel, Herr -minu! – das sind mindestens zwei Auto-Züge, eine Wanne mit Schutt und 98 Kisten voll...»

Dann hinterliess er mir 98mal Flachkartoniges. Man kann den Flachkarton durch geschicktes Biegen zur Kiste formen. Aber da ich schon im Zeugnis unter dem Stichwort «Handarbeit» klar und deutlich mit «absolut hoffnungslos» aufgeführt werde, hätte Herr Huber das nicht tun sollen.

Ich faltete, klebte, formte – dann kam das schöne Service hinein. Und «wuommm-klirrr!» – unten wieder raus. Daraufhin faltete ich wieder – doch diesmal die Hände zum Gebet. Das half. Denn Er schickte nicht mehr Herrn Huber. Sondern Dorette.

Auf wunderbare Weise blieben bei ihr die Kisten ganz. Wir füllten sie mit Erinnerungen auf. Und bei jedem Foto diskutierten wir hin und her: «Fliegt die? Oder fliegt die nicht?» Dann flog sie. So kam ich in allen Posen in die Schutt-Wanne.

Als die 98. Kiste vollgepackt und fest zugescotcht war, hatte Dorette glänzende Augen: «Jetzt aber ein starker, köstlicher Ristretto...»

Gute Idee. Aber die Espresso-Maschine steckte in Kiste 56. Die Kaffeebohnen in Sack 29. Und die Mühle in Box 12. Das einzige, das noch offen da war, war die Lust. Und die war jetzt eine Last.

Die Zügelmänner waren schriftlich auf 05.30 Uhr angesagt. Kein Mensch zügelt um 05.30 Uhr. Aber gegen Herrn Huber sind wir machtlos.

Wir stellten also den Wecker auf 04.00. Man hinterlässt coolen Zügelmännern nicht gerne warme Betten. Und so sassen wir umzugsbereit auf der Matratze, der abgekühlten.

Sie kamen um 07.30 Uhr, und Herr Huber erklärte, das Ganze sei ein Druckfehler: «Kein Mensch zügelt um 05.30 Uhr!» meinte er verärgert!

Als die beiden Möbel-Camions schliesslich loszuckelten, als ich mit Herrn Huber im kleinen Auto hinterherpfupfte, da sah ich, wie die Kinder des Quartiers meine Vergangenheit aus der Mulde holten: vom Konfirmationsspruch bis zum Hula-hoop-Reifen. Sie winkten mit Brumm-Brumm, meinem Teddybären, unterm Arm.

Herr Huber streckte mir eine Zigarette zu: «So ein Umzug ist immer ein bisschen Sterben – haben Sie Feuer?»
Kiste 37!

Verlorene Eier

Der Mann am Telefon ist die Sturheit in Person. Das zäheste Stück Steak in Menschenperson. Nicht kleinzukriegen.

«...Aber Sie schreiben doch immer von Ihren Kochkünsten. Man liest es doch überall. Und da werden Sie so einen Abend bestimmt schmeissen können. Es sind alles Küchenchefs der Haute Cuisine. Und...»

Nun komme ich hoch, wie mein Soufflé mit drei Löffeln Backpulver-Zusatz: «Ich gebe keine Kochstunden!»

Ich finde Kochen – mit Verlaub – einen Scheiss. Und ich koche schon gar nicht für diese Küchenchefs mit ihrer «nur-kein-Aromat»-Mentalität. Ich kenne den Verein – die schlafen doch alle auf dem Lauchbeet und jammern vor jeder Michelin-Neuauflage «Weisst du wieviel Sternlein stehen...?»

Nein danke – nicht mit mir!

Das Steak versucht's nun mit seiner Schokoladenseite: «Herr -minu, seien Sie doch kein Sauerampfer... unser Honorar sind 500 Schoggi-Branchli, haha!»

Das überzeugt die Essigmutter!

Eine Stunde später fühle ich mich wie die Forelle im Netz: gespickt mit Panik. Was – um Himmelswillen! – soll ich diesen Kellenprimadonnen beibringen? Ich rufe meinen Schokoladen-Steak zurück: «Unmöglich – die machen doch Hackbraten aus meinen kulinarischen Schweinereien. Tut mir leid. Aber ich koche noch mit Tubensauce und so...»

Jetzt wird der Hörer aber energisch: «Himmelarsch nochmals! Die sollen ja Ihren Mist nicht essen. Nur zusehen. Also machen sie in Gottes Namen Rührei mit Rosen drauf... ist doch Ihr Stil!»

Stimmt. Aber zu Rührei geb' ich immer Tulpen. Der Mann hat von Kochen keinen blassen Dunst! Meinte Tante Esmeralda, ledige de Roquefort, und «das Käsli» genannt, schenkt mir gute Tips im Multipack: «Mach' Wiener Schnitzel... das haben alle gern... weisst Du noch, wie Du als Kind immer Spaghetti und Wiener Schnitzel zum Geburtstag gewünscht hast und...»

Ich esse gerne Wiener Schnitzel. Stimmt. Aber ich mache sie nicht gerne. Mir fällt konstant das Panierte ab. Ich tue alles dagegen. Die Wiener Schnitzel kommen in voller Garnitur in die Pfanne. Dann beginnt der Striptease. Wenn ich sie serviere, sind sie nackt, wie Adam am ersten Tag. Da deckt auch die üppige Petersilien-Garnitur die Blamage nicht ab.

Deshalb: keine Wiener Schnitzel! Aber das Neuste von Betty Bossi. Denn Frau Bossi, dieses Immergrün helvetischer Küche offeriert in ihrer neusten Nummer «verlorene Eier». Und «verlorene Eier» scheinen mir für Küchenchefs gerade das Passende.

Wir nennen das Ganze allerdings «les œufs perdus à la Russe». «A la Russe» ist immer gut. Das entschuldigt alles. Doch der erste Kellenbruder motzt bereits: «Das heisst doch Œuf poché, Herr -minu».

«Nein», schüttle ich vor der Riesenpfanne hoheitsvoll das Haupt. «Œufs pochés sind etwas ganz anderes. Hier liegt der Ursprung bei polnischen Gänsen. Mein Rezept jedoch basiert auf dem Osterhasen von Kiew.» «Das Ei am Pfannenrand sanft aufschlagen», hat Frau Bossi geschrieben. Also tu ich's. Schon blubberts in die Wellen. Und ward nicht mehr gesehen.

Ich unternehme eine Rettungsaktion mit der Schaumkelle: Suche ergebnislos. Deshalb wohl auch «verlorenes Ei»?

Dann knalle ich noch sechs Stück in die Pfanne. Das Resultat sind gelbe und weisse Fäden – eine NEUERFINDUNG!

Ich siebe sie ab, serviere auf Spinatbeet und garniere mit den ersten Parma-Veilchen. Voilà – les œufs perdus. Et retrouvés.

Die Küchenchefs sind sprachlos: «Und was hat das Ganze mit dem Osterhasen von Kiew zu tun?» nörgelt prompt einer. «Da müssen Sie diesen Rammler schon selber fragen...», ersticke ich ähnlich phantasielose Fragen im Keim. Schliesslich kann mir auch keiner beantworten, weshalb der Striptease meines panierten Schnitzels aus Wien kommt...

Der Spargel blüht

Der Spargel blüht. Und dito Linda. «Wir organisieren grosses Fest von Spargeliges!» jagt sie mich frühmorgens aus den Federn. «In Jamaica wir machen immer grosses Fest von Spargeliges und...»

Wenn's meiner Linda passt, macht Jamaica auch «Mehlsuppiges vor Morgenstraich». Und «Linzerkuchiges an Bettag».

Meine Erna hört bei Spargeln Bahnhof: «Du spinnst ja. In Jamaica bezahlt kein Mensch acht Franken für ein Kilo Gemüse. Das tun wirklich nur die dottligen Schweizer. Und das Spargelessen kannst du dir an den Hut stecken...»

Daraufhin sagen sich die beiden Damen einiges, dass sogar das weisseste Spargelköpfchen rot geworden wäre...

«Wichtig ist dickes Spargel», fieberte Linda im Vorgenuss, «je dicker Spargeliges, um so guter Aroma..., in Jamaica nur dicke Spargelige, manchmal dick wie hier Eichenbäumiges...»

«Dick wie Eichenbäumiges...» äffte Erna gereizt nach. «In Jamaica frisst doch alles diese Hamburger mit Ananas. Ihr pflanzt ja nur Konservendosen an...»

Lindas Lippen wurden zum dünnen Strich. Sie ging stumm an den Staubsauger. «Bring die Vasen in Sicherheit», schrie Erna. «Ich hole Spargeln!» rief ich.

Meine Elsässer Marktfrau, Josefine Schneebeli, schlug entsetzt die Hände zusammen: «Aber Monsieur Minü – se schmecke nu net. Se sinn wie worm Wosser...»

Zumindest waren sie dick – warmes Wasser in dickster Form, quasi. Wir hatten zwölf Spargelesser eingeladen.

«Wie decken wir ?» fragte Erna harmlos.

«Festliches», erklärte Linda, «in Jamaica wir decken immer festliches...»

Erna schickte Blicke zum Himmel: «Ich meine: Essen die Gäste unsere Spargeln von Hand. Oder mit Besteck?!» Jetzt ging der Tumult los. Linda erklärte, in ganz Jamaica esse jeder die Spargeln von Hand. Erna (die sehr viel auf ihre Internatserziehung hält) verkündete hoheitsvoll: «Knigge isst sie mit Besteck.»

«Wer sein dieses verdammte Knigge?» regte sich Linda auf, «soll einmal kommen nach Jamaica...»

Dann rief ich Tante Gertrude an. Sie stammt immerhin aus dem vornehmen Geschlecht der Meyer mit y. Doch Tante Gertrude leidet an Spargelallergie. Und isst deshalb dieselben gar nicht.

«Fragt die Königin von England», riet sie. «So wie die isst, ist es richtig.»

Bei Buckingham erklärte mir Mister Pillbitter, der Sekretär seiner Hoheit: «Die Königin mag keine Spargeln. Man hat sie nur einmal damit konfrontiert. Das war an einem 1. Mai. Die Ärmste musste irgend so eine Rabattenschau eröffnen. Und ein Bäumchen pflanzen. Daraufhin hat man sie zu Tisch gebeten – und es gab Spargeln.»

«Ja und?»

Pillbitter hüstelte verlegen: «Nun – die Chefin schaute sich in der Runde um und hoffte, endlich würde einer mit Essen beginnen. Aber keiner wagte es vor ihr. Da griff sie beherzt mit der rechten Hand zu einem Spargel – mit der linken stützte sie diesen mit der Gabel. Es muss absolut ladylike gewesen sein. Denn die andern taten genau dasselbe...»

«War das in Jamaica?» erkundigte ich mich.

«Nein. In Basel», antwortete Mister Pillbitter.

Daraufhin habe ich Herrn Wartmann, den Basler Spargelkoch der Königin, angerufen: «Wie isst man die Spargeln richtig?»

«Die Königin hat sie in Brüglingen mit der Hand gegessen», erklärte er. «Also isst man sie wohl so...»

Aber die Königin hat es doch selber nicht gewusst. Und Knigge benutzt Messer und Gabel. Und in Jamaica geht man nach dem Spargelschmaus unter die Dusche. Und...

«Was nun?» seufzte Erna.

«Wir machen Spaghetti», erklärte ich.

«In Jamaica alles essen Spaghettiges», freute sich Linda.

Haare auf der Brust

Wir haben keine. Nichts. Nur Fläche. Viel Fläche. Und Rosahautiges.

Schon im pupertären Alter litten wir darunter. Wir schauten an uns runter. Suchten. Und fanden nichts. Nur drei mickerige, drahtige. Leicht kraus. Die hegten wir. Und pflegten wir. Und hofften auf mehr. Es war zum Haare ausreissen – wenn da welche gewesen wären. Doch wie gesagt: nur drei. Die Zahl ist göttlich. Der Anblick ist es nicht.

«Du Hühnerbrust... Du aussehen wie Henne von Tiefkühlfach... hihi!», soweit Linda. Sie findet an meiner haarlosen Brust immer ein Haar. Und meckert: «In Jamaica solches Männer ohne Haariges landen in Suppentopf von wildes Eingeborenen, weil Leckerbissiges und schon gerupft!». So viel Haare wie Linda auf den Zähnen hat, könnte meine Brust schon gar nicht tragen...

Man(n) trägt also Haare auf der Brust. Ansonsten ist man(n) kein ebensolcher. Und gerade jetzt, wo der Frühling Herz und Brust belebt, zeigt man diese. Doch weh' dem, dem keine gewachsen sind. Schande über den, der mit der Hühnerbrust natür daherblitzt. Beschämt verdeckt er die Heldenbrust, die frühjahrsgesprengte. Und gibt sich wieder zugeknöpft.

Mein Vater hat mich bereits in frühsten Jahren mit markigen Worten zu trösten versucht: «Also Haare auf der Brust wollen gar nichts sagen... Frauen mögen diese Rosshaarmatratzen nicht... dein Vater hat ja auch nichts und Du kannst bei Gott nicht sagen, dass ich nicht... hoho!»

Stimmt. Mein Vater ist zwar was seine Oberweite betrifft, ebenfalls ein gerupfter Gockel. Aber er lenkt die Frauen mit öligen Worten von seiner Schwachstelle ab: «Wenn ich in Ihre Augen schau, schöne Frau...»

Was bleibt da der Guten andere übrig, als in seine Glubscherchen zu linsen. Und dann knipst er auch schon das Licht aus.

«Was soll ich tun?», weinte ich bei meinem Apotheker, Herrn Müller, «ich möchte zu gerne eine Rosshaarmatratze sein.»

Herr Müller, selber stark behaart, wiegt den Kopf hin und her: «Also – es gibt da die Sache mit dem Taubendreck. Viele schwören darauf. Die Hirsukase fördernde Wirkung der 3 A-Vitamine ist nicht zu unterschätzen, Herr -minu, dennoch...»

Er zögert: «Haben Sie schon so etwas wie ein Fundament...?»

Ich erröte. Erwähne die drei Mickrigen.

«Nun ja – besser als gar nichts», macht uns Apotheker Müller Mut. «Rasieren sie diese nur heftig. Jeden Tag. Massieren sie ein bisschen mit Melkfett. Und sie werden Erstaunliches erleben...»

Das Resultat war in der Tat verblüffend: Ich wurde mit den Hautflecken übersäht. Das mittlere der drei Mickrigen wurde plötzlich schlaff. Verlor an seiner Drahtigkeit. Und fiel aus – exit!

Herr Müller war untröstlich und sprach von Brusttoupés. Und dass man die Haare auch vom Kopf zum Busen verpflanzen könne. Wenn man(n) darauf bestehe. Die Krankenkasse würde die Sache überdies übernehmen, so ein seelischer Defekt und Depressionen nachgewiesen werden könnten.

Ich schwanke noch.

Gestern ist dann allerdings wieder dieser Detektiv ins Fernsehen gekommen, der immer so topfit herumjoggt und die Hemden offen bis zum Nabel trägt. Auch er: behaart. Und Ursache meiner haarigen Frustrationen. Stets drei Sekunden vor Schluss drückt er irgend so eine heulende Suse ins Brusthaarbeet. Tränen kullern über die Rosshaarmatratze. Und dann kommt «ENDE». Die Ansagerin ist noch ganz benommen – und alles wegen dem Brusthaar. Den Haarlosen bleibt der volle Brust-Frust.

«Der hat auch so viele Haare», seufzte nun Hugo auf dem Sofa. «Mich rufen sie in der Schule stets Haaraffe. Oder Neandertaler... man kann nichts dagegen tun...»

Auch das sind haarige Probleme...

Es bleibt wohl doch bei Vaters alterprobten Lösung: «Wenn ich in Ihre Augen schau...»

Und Licht ab!

Fussball und Schwanensee

Heute abend ist es wieder soweit: Fussball im Ersten... Fussball im Zweiten... Fussball im Dritten.

Sie fussballern sich durch alle Sender. Meine Sender! Und wo bleibt «Der Alte»? Mein Alter?!

Auf Krimifans wird keine Rücksicht genommen. Die Fussballer haben immer Heimsieg.

Schon bei Mutter erregte Fussball Anstoss: «Hans, ich habe nichts dagegen, dass du am 1. Mai mit einem roten Fähnchen im Knopfloch herumrennst. Bitte. Das ist deine Sache. Ich toleriere auch flache Trämlermützen und üppige Billetteusen – aber musst du jeden Samstag an den Ball? Es regt dich nur auf. Gerade gestern hast du im Schlaf laut geschrien: ‹Halt ihn!›...»

Vater hüstelt schuldbewusst. Es war ein Billetteusentraum gewesen. Und somit ein anderes Spiel. Mutter lag mit ihren Ahnungen offside...

Als Vater mich zum ersten Mal an einen Match mitnehmen wollte, war der Teufel los: «Ich will nicht, dass er in diese Gesellschaft gerät... dieser... kommune Männerharst...»

Mutter machte schmale Lippen. Beim Wort «Männerharst» vibrierte sie leise. Ich habe sie nur einmal so erlebt, als sie mir von Marie-Antoinette auf dem Schafott erzählte. Und von der brüllenden Volksmenge: «... diesem grässlichen Mob!»

Ich vermutete, dass Mutter den Fussballmänner-
harst mit dem Mob von Marie-Antoinette gleich-
setzte.

«Aber der Bub muss doch einmal ein richtiger
Mann werden... mit Fussball-Ledergefühl. Und
einer Wurst in der Hand. Du kannst ihn nicht so
verzärteln...», wetterte Vater.

Mutter wurde eisig: «-minu – willst du am nächsten Samstag mit Tante Gertrude und mir in den
Schwanensee? Oder willst du zu diesem Fussball-
match. Mit Ledergefühl? Und Wurst in der
Hand...?» Das Resultat stand 1:0 für Mutter.

Und nun kamen da kürzlich Walti und Sepp. Bei-
de Fussballfreaks. Mit Wurst in der Hand. Mumm
in den Knochen.

Ich wurde in einen rechtsmaschig gestrickten
Schal in den grellen Farben des Platzklubs gewik-
kelt. Und statt einer Wurst steckten sie mir die
Fahne in die Hand.

Auf dem Rasen war auch schon allerhand los.
Eine Kapelle blies, was das Zeug hielt. Sie schritt
durchs schüttere Grün, alles in geometrischen Fi-
guren, und so war's doch ein bisschen Schwanensee.

Dann applaudierte das Publikum wie wild, und
ich nahm an, es sei das erste Goal, aber es war nur
der Unparteiische. Nun weiss ich auch, weshalb
man diesen Mann mit dem ewigen Kartenspiel in
der Brusttasche «die Pfeife» nennt...

Es gab nun ein wildes Hin und Her. Von einem Goal zum anderen. Und retour. Und immer die Streiterei um den Ball. Und das ist dann schon ganz anders im Ballett – dort balgen sich die Schwäne um den Prinzen. Und werden zu guter Letzt zu Jungfrauen, was man von den Fussballern bei Gott nicht behaupten kann. Die sind schlammbedreckt wie die Säue im April und müssen nach 45 Minuten frisch gespritzt werden, was Halbzeit und Richtungswechsel nach sich zieht.

Endlich drückt man mir auch die vielbesungene Wurst sowie einen Becher Glühwein in die Hand, knallt jovial die Pranken auf meine Schultern: «Proscht Hampe!» – und schon ist der Glühwein über und die Wurst unter mir.

Der zweite Akt ähnelt dem ersten in frappanter Art. Als Sepp und Walti in der Menschentraube vorwärts gestossen wurden und nach hinten brüllten: «So – war das nun ein Spiel, oder nicht?!», konnte ich nicht gut das Gegenteil behaupten.

«Aber beim Ballett...», hub ich sanft an. Schon stiess mir so ein Rüppel in Verbandsfarben die Mannschaftsfahne in den Rücken: «Halt deine verdammte Gosche, du Arsch!»

Da wusste ich erstens, wer verloren hatte. Und was Marie-Antoinette auf dem Schafott über den Mob gedacht haben muss...

Lyrik

Kürzlich las ich:
«nacht.
einsamkeit der rasierklingen.
mit
federflaum gestorben.
aufschrei.»
Ich las es noch einmal. Und empfehle Ihnen dasselbe.
Trotzdem bleibt es auch beim dritten Mal: Kultur.
Und «nacht».
Die kleine Poesie stand auf der Feuilleton-Seite
einer Zeitung mit Namen «Zeit». Über der
«nacht» ging der Titel auf. Und der hiess «stundenlang».
Ich habe mir daraufhin stundenlang überlegt, weshalb stundenlang? Vermutlich hat der Autor dasselbe getan. Deshalb: stundenlang.
Er, der Dichter, heisst übrigens Holger W. Rotzke-
Schladerer. Der Name ist schön. Über den Rest
möchte ich mir kein Urteil erlauben – immerhin
gelte ich weiterum als absolute Kultursau mit
eigenem Kitschkabinett und geliehenem Artzro-
man der goldenen Gloria-Serie auf dem Nacht-
tisch (Krankenschwester Ida, blond, gegen Krankenschwester Ute, schwarz, um Oberarzt Alexan-
der, braun – blond gewinnt. Blond gewinnt immer. Das ist das Positive der Gloria-Serie). Weil

ich also, was Dichter und ihre Dichtung angeht, als durchlässig gelte, verkneife ich mir hier einen Kommentar über «stundenlang». Obschon dieser in einem Wort und zwei Sekunden gesagt wäre.

Natürlich hat sich die Kultur verändert. Die Dichterei dito. Und die Bilder an den Wänden auch. Wo früher die Toteninsel über den Ehebetten drohte, hängt heute der Phallus von Meyer-Amden. Nur der Staub sammelt sich seit Generationen immer auf der obersten Rahmen-Kante – diesbezüglich ist die Kultur stehengeblieben.

Doch zurück zu den Jüngern von Pegasus, diesem gefiederten Ross. Wohl keiner von uns, den nicht die Muse einmal geküsst hätte. Denken wir nur an die Alben von einst. Goldschnitt. Bütten. Und ledergebunden. Darüber, in Schnörkeln: «Vergissmeinnicht!».

Neben farbenglitzernden Zwergchen im Kohlbeet und tanzenden Marienkäferchen der poetische Erguss in schwarzer Tinte:

Rosen, Tulpen, Nelken,
alle drei verwelken,
nur die eine welket nicht,
welche heisst: Vergissmeinnicht.
In ewiger Treue: Dein Banknachbar.

Ich will nicht behaupten, dass dieses Gedicht heute in der «Zeit» abgedruckt würde. Diese Zeit ist für die «Zeit» vorbei. Die Vergissmeinnicht welken still vor sich hin – und vergessen sind poetische Zweizeiler wie:

In allen vier Ecken
soll Liebe drin stecken.

Oder:

Mach es wie die Sonnenuhr,
zähl die heitern Stunden nur.

Bestimmt mag Herr Holger Rotzke die Sonnenuhr nicht. Sie passt auch gar nicht zu seinen dunklen Nachtgedanken. Für moderne Lyrik ist die Sonnenuhr sowieso stehengeblieben.

Nun hat mich kürzlich ein deutscher Kultur-Redaktor angerufen. Ob ich auch Lyrisches hätte?

Ich hatte.

Und schickte.

Es war eine Ode an den Mohrenkopf – eine Kalorien- und Kulturbombe:

O Liebste, süss – komm her und stopf
mein Süssmaul voll mit Mohrenkopf,
dann schmeckt von mir ein jeder Kuss
nach Vanillecrème und Schoggi-Guss.

Die Ode wurde nie gedruckt.

Vermutlich ist der Redaktor mehr der Rasierklingen-Typ...

Die sprechende Waage

Ein guter Freund nahm meinen Bauch ins Visier:
«Wann ist es denn soweit? Vermutlich ein Elefant? Du trägst ja schon seit Jahren aus ... hoho!»
Das ist kein guter Freund. Das ist ein grobgebohrtes... Sie wissen schon was.

Leute, mit etwas üppiger Gürtelpartie, leben schwer. In jeder Beziehung. Es braucht schon einen Ranzen in unserer getrimmten Joghurt-Basis-Epoche um mit dickem Bauch zu überleben. Doch wir haben den Ranzen. Und ein Recht auf unsern Bauch.

Dennoch werden natürlich immer wieder Anläufe zum Abbau genommen. Wie kürzlich. Als mir die sprechende Waage über den Weg plauderte...

Es war der Preis, der meine Aufmerksamkeit erregte: 289 Franken. Dies für eine Personenwaage. Für diesen Preis darf eine Waage nur Idealgewichte angeben.

«Sie spricht», erklärte die Verkäuferin und schaute mit Nasenrümpfen zu meinen Rundungen runter: «Nach 80 Kilos lässt sie den Lachsack los. Bei über 90 Kilos bricht sie in Tränen aus. Und bei 100 Kilos ertönt das «Halleluja» von Händel.

Ich liebe Händel. Deshalb habe ich die Waage gekauft.

Zu Hause schloss ich mich im Badezimmer ein. Und las die Gebrauchsanleitung. Von «Halleluja

– die Waage zum Abnehmen!» «Drücken Sie Knopf Nummer 1», stand da.

Ich drückte.

Daraufhin ertönte eine sonore Männerstimme in Bühnendeutsch: «Einen leichten Tag wünsche ich Ihnen. Drücken Sie Taste 2.»

Ich drückte. Wieder der Waage Mann: «Treten Sie auf die Plattform – locker und leicht...»

Ich trat darauf. Es erklang der Anfang der Königin-Arie: «Oh zittre nicht, mein lieber Sohn...»

Dann dröhnte die Stimme, wie einst der Santiklaus, wenn er aus dem Sündenbuch vorlas: «Sie wiegen 93,5 Kilogramm – wiegen Sie sich morgen auf demselben Knopf!» Dann hörte man einen Weiberchor heulen.

Am andern Tag konnte ich es kaum erwarten. Frühmorgens schon hopste ich auf meinen Waage-Mann los. Er wieder: «Einen leichten Tag wün...» Ich drückte sofort Taste 2. Diesmal erklang der heulende Weiberchor gleich zu Beginn. Die dröhnende Stimme: «Sie haben 2 Pfund zugenommen 94,5 Kilogramm – schämen sie sich!» Daraufhin erklang der Trauermarsch...

Ich ging darauf erschüttert von der Waage und in mich. Trotzdem habe ich nicht auf Tante Gertrudes vierte Portion «Crème brulée» verzichtet. Und einen kleinen Trick benutzt – als ich mich auf die Waage stellte stützte ich die Kilos am Lavabo-Becken mit den Händen leicht ab. Die Waage war sprachlos. Schliesslich hörte man ein verärgertes Schnalzen: «Zzzzz – ich kann Sie nicht richtig ins Lot bekommen. Klatschen sie dreimal in die Hände!»

Ich klatschte. Und: heulender Weiberchor. Lachsack. Und: «Schämen Sie sich – Sie haben fünf Pfund zugenommen!»

So wurde mein täglicher Weg auf die Waage zum Gang nach Canossa. Die überlegene Schauspielerstimme reizte mich wie das rote Tuch den Stier – es gab nur eines: auf den Waage-Mann verzichten. Aber wer wirft schon 298 Franken zum Fenster hinaus?

ICH! Meine Lieben! ICH!

Als nämlich, nach einem Dampfnudeln-Wettessen die Waage in den Triumph-Marsch von Aida ausbrach, als dieser sonore Geck eben wieder mit loslegen wollte, da nahm ich das Ding. Und schmetterte es in den Garten.

Daraufhin erscholl hinter unsern Tulpen das «Halleluja» von Händel. Und: «Sie wiegen 100 Kilos...» rief der Blödmann in die Nachbarschaft, bis ihm Luft und Batterie ausgingen.

Dann endlich die ersehnte Ruhe!

Wer waagt gewinnt!

Der letzte Tanga

Natürlich gibt es Richter, die dagegen sind. Kann ich verstehen. Denn ein nackter Richter sieht aus wie ein rosaroter Paragraph.

Ich aber mag's hüllenlos. Hasse Kleider, die bei 40 Grad Hitze am Ranzen kleben. Und schlafe oben wie unten ohne.

Soweit. So persönlich.

Nun hat sich ja auch die Bademode von Hemmungen und Hüllen gelöst. Bei den Damen fallen die Oberteile wie überreife Äpfel. Bei den Männern fallen nun auch die Unterteile – der Vergleich mit dem überreifen Apfel wäre hier allerdings gewagt.

Selbstverständlich hat sich auch die Mode dem freigewordenen Unterteil des Mannes angenommen. Denn die hüllenlose wäre die brotlose Couture – also liess man sich etwas einfallen. Und dieses Etwas heisst Tanga.

Ich weiss nicht, ob's der, die oder das Tanga heisst. Richtig ist: der Tango. Aber da tanzen wir bereits wieder vom heissen Thema weg.

Tanga – das ist ein Dreieck. Und für einmal hat mein alter Lehrer Salathé recht gehabt, als er behauptete: «Pythagoras gehört zur Allgemeinbildung. Das Dreieck ist der Kreis des Lebens!»

Sie müssen sich also beim Tanga den pythagoreischen Lehrsatz vor Augen führen: $a^2 + b^2 = c^2$.

Jetzt endlich begreifen wir den Mist!

Die Aufgabe des Tanga-Schneiders heisst nun lediglich: finde den rechten Winkel!

In Rom, wo der/die/das Tanga im vergangenen Sommer zum ersten Mal aufgeblitzt ist, schneidert oder häkelt man den/die/dasselbe eigenhändig. Es gibt kleinkarierte. Und grobmaschige. Wollene. Und seidene. Fortschrittliche tragen auch Folie, was der ganzen Geschichte einen nostalgischen Touch von «Poulet im Körbchen» gibt.

Die Schwierigkeit besteht in der Montur des Dreiecks. Man weiss, dass die berühmten Night-Club-Auftritte auch vor diesem Problem gestanden sind. Und die Damen stets eine kleine Tube UHU-Alleskleber im Schminktäschchen mitführten. Doch als der erste Tanga-Schwimmer diesen Trick anwandte, in die Fluten stieg und davonschwamm, schwamm auch Pythagoras. Man wünschte UHU zum Kuckuck. Er hatte sich aufgelöst. Und schrie nach einer andern Lösung.

Geschickte Techniker haben nun ein Aufhängesystem entwickelt, das in seiner genialen Simplizität die Fachwelt verblüfft. Als Vorlage dürften die berühmten Tropfenfänger, diese kleinen Schaumgummikissen, die jeweils unter Grossmutters Kaffeekannenschnabel das Unvermeidliche auffingen, gedient haben. Kurz: Man klebt nicht mehr. Man bindet satt. Gewinnt Spannung. Und die Sache hält.

Falls Sie nun ermuntert von diesen tangentialen

Zeilen ein Badedreieck erstehen möchten, werden Sie sich's jedoch schwer tun. Denn so leicht die Sache ist, um so schwerer ist sie aufzutreiben.

Als die Verkäuferin auch nach dem siebten Bade-hosenladen zartrosa anlief und mir entgegenhü-stelte: «Tanga? Sie? Aber lieber Mann, bei Ihnen gibt das einen Mortadella-Effekt», habe ich das Dreieck aufgegeben. Und gänzlich auf Pythagoras verzichtet.

Viele machen's uns nun nach – das Dreieck ver-schwindet nun fast ganz aus der Strandsicht. Eini-ge hitzige Fotojäger jagen ihm nach. Und halten's als nostalgischen Beweis einer geometrischen Epoche auf Celluloid fest: The last Tanga, der letz-te Tanga!

Land-Idylle

Kürzlich hat sich eine Schweizer Illustrierte einen sicherlich wohlgemeinten, aber etwas verwirrenden Absatz über unsere Elsässer Hütte einfallen lassen: «... sein Sommergut liegt inmitten von Weiden und blühenden Gärten!» Soweit. So Gut!
Unsere Freunde – von solchen Zeilen animiert – spazieren jedoch stets am Gut vorbei. Und wenn wir ihnen dann aufgeregt zuwinken «hiiier... hier ist es!», schütteln sie nur ungläubig den Kopf: «Diese Krüpfe?!... dieses Lotterhäuschen? Wo ist denn hier das weite Land?»
Etwas unsicher zeigen wir auf den angrenzenden Friedhof, wo d'Müllere einmal mehr den Totengräber auszankt, weil der ihre Geranien verdursten liess – wenn wir also auf die Gräber zeigen, die an unsern Apfelbaum anstossen, und wo Zwirbel schon manchen frohen Knochen ausgebuddelt hat, seufzen die Städter: «Nun ja – wenigstens duftet's hier noch so richtig nach Landwirtschaft!»
Tatsächlich stinkt's, dass Gott erbarm. Aber es ist nicht der vergnügte Bauer mit dem Jauchefass. Es ist die Kanalisation, die rinnt. Und bei jeder Spülung Wolken über den Esstisch fegt...
Natürlich träumen alle betonbetonten Städter immer wieder von der Land-Idylle. Von glücklichen Kühen die träge herumbimmeln, vom Miststock, der dampft. Und vom Kaninchen, das rammelt.

Die Realität sieht jedoch anders aus: Das einzige, das dampft ist Léons Deux-Chevaux am Berg. Die letzte Kuh ist vor zwei Jahrzehnten zum Metzger geführt worden. Der Rammler im Dorf heisst Noel. Und ist kein Kaninchen...

Wie oft habe ich mir die herrlichen Nachtessen unter Gottes freier Natur ausgemalt: Elsässer Service... Mohn in Souffleheimer-Väschen... «D'Haabi», unsere Dorfhilfe, in der rot-weiss-schwarzen Tracht. Und wie sie den hofeigenen Riesling ins Glas plätschern lässt...

Die Wirklichkeit sind Mäuse auf dem Tisch. Und ein Nylon-Deux-Pièces. Der Weisswein kommt aus Algerien – dafür kommen die beissenden Brandwolken aus dem heimischen «Löchle», einem eingezäunten Stück Feld, wo unsere Elsässer Freunde die Kehrichtverbrennung auf offenem Feld betreiben.

«Grossartig», sagen die Gäste verklärt, schweifen durch die zehn Quadratmeter Garten und bleiben am Himbeerbusch hängen. Mittlerweilen hat Pénélope, die Katze unserer «voisine», die schöne Hermes-Tasche der Frau Professor auserkoren, um darin ihre Jungen zur Welt zu bringen. Das Entzücken über das frohe Ereignis hält sich in Grenzen. Nur «d'Haabi» freut sich. «Me koo», brummt sie die Gäste an, und begräbt damit auch den letzten Traum von der strahlenden Elsässerin, die da «s isch gserviert, myner Herrschofte», sagt...

Hildegard Hummel, eigens aus der Bettonwüste von Zürich-Oerlikon angereist, rappelt sich mühevoll aus dem heimeligen, alten Liegestuhl hoch. Da jault jedoch das penetrante Feuerhorn auf, weil die «Pompiers» wie jeden Sonntag ihren «Alarm» mit zünftigem Löschen im «Beizle» üben – Hildegard Hummel knallt genervt in den Sessel zurück. Dieser legt sich erschrocken zusammen – da haben wir den Salat. Und Hildegard Hummel eine Quetschung.

«Joo», freut sich d'Haabi nun von ganzem Herzen, «s Londlääbe het holt syner Mugge...» Und als hätten diese nur auf ein solches Kommando gewartet, summen sie auch schon in Tausenden von Geschwadern an. Sie befallen unsere Gäste mit Hochgenuss, so dass die Einladung zumindest aus der Sicht der Stechmücken ein kulinarischer Erfolg wird. Die gequetschte Hildegard Hummel jedenfalls ähnelt schon bald einem Küchlein, das im heissen Öl ausgebacken wird – sie wirft hunderte von Blasen auf. Und «... jetzt isch d'Soi by däm Theater aabrennt», nervt sich d' Haabi. Und zeigt triumphierend ein verkohltes Stück Schweinehals herum. Wir haben die Gäste daraufhin beschämt in eine Stadtbeiz geführt. Der Wirt hatte sich «Bauernwochen» einfallen lassen. Mit Riesling... Elsässer Service... und Mohnblumen im Souffleheimer Väschen...

Tücken mit Mücken

Als der liebe Gott den ersten warmen Sommerabend erschaffen hatte, lehnte er sich im Schaukelstuhl zurück. Betrachtete sein Werk. Und war's zufrieden.

Die Menschen freuten sich ebenfalls. Pflaumten wohlig in ihren Sesseln und Corbusier-Liegen. Und genossen die laue Nacht.

Weil ER nun aber immer wieder einmal zu einem kleinen Spässchen aufgelegt ist und träge Menschen IHN langweilen, schickte ER kleine Insekten nach, die – zsssssssss! – saugten. Und stachen. So kam Leben in die Bude. Und das Sprichwort auf: Jeder hat seine Mücken!

Meine Lieben – wir haben auch. Auf einen Gast kommen bei uns 5 dl Riesling sowie sieben Dutzend Moskitos. Und wenn den Geladenen von unserm Frass auch speiübel wird, so bleibt ihr Teint dennoch rosig. Ja, er blüht geradezu auf. Ein kleines Saugerchen von unsern Mücken und schwillt das Gemüt. Und die Backe. Denn Backen mögen sie am liebsten. Da sind sie richtig scharf drauf. Wie die Sau auf den Trüffel.

Nun hat ER sich im Spässchen gar noch ein Witzchen einfallen lassen. Nicht jede Mücke muckt. Und sticht. Die Weiber sind's, diese draculanigen Schleckmäuler! Sie saugen Blut für ihre Eier. Und – zsssssssss! – schon geht das Theater los! Ihre

Männer schauen derweil gelangweilt zu. Und machen mir ein schlechtes Gewissen. Denn wenn da Mücken in meinem Schlafzimmer herumhangen – peng! klack! tleng! – schon knalle ich wild mit dem Fliegenfänger drauflos. Und treffe vielleicht ein unschuldiges Männchen. Verunsichert kratze ich das Flachgeknallte von der Decke. Und murmle eine Entschuldigung – doch Krieg bleibt Krieg. Und Stich bleibt Stich.

Wir dürfen nun bestimmt und ohne Hochmut behaupten, den Typ zu verkörpern, auf den die Mücken fliegen. Vermutlich liegt's an unserer Oberfläche – für Insekten-Damen sind wir jedenfalls die ideale Landebahn. Und haben regen Flugverkehr. Nun hat kürzlich meine geliebte Tante Gertrude aus Adelboden angerufen: «Es gibt Summer. Die summen das Gesumse der westfälischen Burg-Fledermaus. Mücken hassen Fledermäuse. Also hast du deine Ruhe.»

So liess ich's also summen. Man steckt das Ding an den Strom. Der Ton entspricht dem gestrichenen gis der Glöckchenarie. Nur kommt der Summer nie zum Luftholen – und ich nicht zum Schlaf. Gegen vier Uhr morgens habe ich die Primadonna von der Steckdose gerissen.

Daraufhin «zsssssss!» und «Peng... klack... tleng!». Und Borbeln!

Mein Apotheker Müller hat mich endlich für die Chemie erwärmt: «Die Anti-Muck-Tabletten werden durch eine Apparatur erhitzt. Und versprühen Wolken, welche den Mückendamen die Mücken schon austreiben... hoho!»

Christoph installierte mir die Sache ans Bett: ein unscheinbares Kästchen unter Strom. Darauf die Tablette.

Ich schlief tief und träumte von einer Mülldeponie – das waren die Chemiewolken. Aber Borbeln hatte ich keine.

«Grossartig!» freute ich mich am Morgen.

«Nicht gerade billig», gab Christoph zu bedenken. Er stammt aus einem sparsamen Haus, wo selbst die hungrigsten Mücken einen Bogen darum fliegen...

Auch die folgende Nacht schlief ich mit einer Tablette. Diesmal ohne Kehricht-Traum. Dafür erwachte ich mit Borbeln übersät.

Christoph schaute schuldbewusst auf die roten Flecken und kratzte mit dem Fuss: «... also ich habe gedacht, man könnte ja die alte Tablette nochmals verwenden, damit die Sache etwas billiger...»

Daraufhin: Peng. Und Zlack! Und Tleng!

(Für einmal nicht gegen die Mücken!)

Kein Cassolet in Lyon

Ein gescheiter Weitgereister hat einst zu Papier gebracht: Wenn einer eine Reise tut, dann kann er was erzählen.

Kann er. Und können wir auch. Und wenn wir einen Trip nach Lyon auch erst nach etlichen Anläufen, Abfahrten und Anflügen geschafft haben – WIR WAREN DORT. Zwar 24 Stunden zu spät, aber es erfüllt mich heute noch mit tiefstem Erstaunen, dass wir überhaupt je angekommen sind. Nun führen zwar alle Wege nach Rom, aber nicht jede Strasse nach Lyon. Unsere Reise sollte per Bahn nach Zürich-Kloten gehen. Von dort durch die Luft nach Lyon-Airport. Soweit. So simpel.

«...und in Lyon essen wir ein herrliches Cassoulet», freute sich Herr Plotz. Er ist unser Chef. Und rieb sich in Vorfreude die Hände.

«In Lyon gibt es kein Cassoulet...», gab ich zu bedenken. Doch Herr Plotz duldet – potz Plotz! – keine Widerreden. Deshalb ist er ja Chef. Und hat behufs dessen immer recht.

Am Zürcher Bahnhof galt es, in den Flughafen-Express umzusteigen.

«Sie haben sechs Minuten», hat die Sekretärin Herrn Plotz erklärt. Dieser hopselt von Cassoulet-Euphorie beflügelt über sämtliche Geleise – ungeachtet der entrüsteten Pfiffe des Bahnpersonals. Ich rolle hinterher. Und: «...vielleicht nehme ich vorher noch Nouilles Alfredo», freut sich Herr Plotz auf seinem Platz.

«In Lyon gibt es keine Nouilles Alfredo» – wollte ich einwenden. Verschluckte es aber. Denn: Chef bleibt Chef. Und Gurke Gurke.

Als der Kondukteur unsere Fahrkarten knipste, gähnte er: «Wohin soll's eigentlich gehen?» «Zum Flughafen», strahlen wir sonnig.

«Aha», sagt er nun. «Dort kommen Sie aber nie hin. Sie fahren in die falsche Richtung. Nächster Halt ist Thalwil – guten Abend!»

Daraufhin bewölkte sich das Gesicht von Herrn Plotz bedeutend. Ich sah es blitzen und er sein Cassoulet in Gefahr. In Thalwil goss es wie aus Kübeln. Die zwei Taxis der Ortschaft hatten Saison – das eine Ferien, das andere einen Fahrgast. Als die Reihe endlich an uns war, konnten wir nur noch beten. Und hoffen.

«Flughafen – so schnell wie möglich», flüsterte Herr Plotz. Wenn andere kochen, wird er zum Eisberg.

In den Kurven knurrte mein Magen melodramatisch auf – ich hatte einen ganzen Tag lang meinen Appetit auf Lyon gespart.

«Kannst du mit deinem Konzert nicht warten, bis das Cassoulet serviert ist», zischt der Chef. Dann wird er bleich. Und sagt nichts mehr. Wir fahren nämlich beim Terminal A vor. Und sehen, wie die Air-France-Maschine nach Lyon startet.

Ich jage zum Schalter: «Cassoulet!», schreie ich, «sofort stoppen! Wir müssen hinein!»

«Sie kleiner Witzbold», freute sich die Boden-Mamsell. «Morgen ist auch noch ein Tag!»

Mit dem letzten Zug rattern wir völlig erleichtert nach Basel zurück. Ein Kellner schob seinen Buffetwagen durch den schmalen Zug-Gang: «Schokolade... Café... Sandwiches...». Und «brrrrr», machte mein Magen. «Drei mit Schinken», orderte ich.

«Und der Herr?» – der Kartonbecher-Steward schaute zum Chef. «Danke» – schüttelte der traurig den Kopf.

Die Sandwiches hätte Herr Bocuse übrigens auch nicht schlechter machen können. Ich würgte mich durch und sah Herrn Plotzens verächtlichen Blick: «Es gibt überall kulturelle Fress-Säue...» «Ja», kaue ich, «... aber kein Cassoulet in Lyon!»

P.S. Dank der umsichtigen Betreuung einer Begleitdame, die ansonsten alleinreisende Kleinkinder und verwirrte Greise auf dem Flughafen beaufsichtigt, stiegen wir am andern Tag ins richtige Flugzeug. Und kamen so in Lyon an.

«Cassoulet» – bestellte Herr Plotz sofort im Restaurant der Tour-de-France-Journalisten.

Der Kellner rümpfte die Nase: «Pardon Monsieur – das servieren wir nicht. Wir sind hier nicht in Toulouse.» Das hätte gerade noch gefehlt!

Das neue Ding

Das Thema ist heikel. Delikat. Und weich. Wie das super-dreilagige von Hakle.

Und dennoch – es *ist* ein Thema. Man kann's nicht einfach runterspülen. Tausenden drückt die Frage auf den Magen: soll ich? oder soll ich nicht?

Mein Vater, sportlicher Tausendsassa auf allen Gipfeln und Damen, hat mich eines Tages verschämt angerufen: «Also – wir haben jetzt überall.-. . man kommt doch ins Alter. . . und es ist sehr angenehm. . .»

«Du sprichst von der AHV?» Genervtes Hüsteln: «Ich spreche vom. . . vom. . . vom Klschomsch. . .»

Er verschluckte das Wort verschämt. Und spülte gleich nach: «Der Guschti hat auch einen. . . den habe ich ausprobiert. . . und ich muss schon sagen. . . sauber, sauber!»

Im Hintergrund höre ich meine Tante Gertrude meckern: «Aber der Guschti hat noch mit Föhn. Und Tonmusik – wir haben nur die Brause und. . .»

Es klaklackt in der Telefonmuschel. Die Tante hat Vater den Hörer aus den Händen geschält: «. . .und – also das kann ich dir ganz vertraulich sagen – es ist sehr unangenehm, wenn das Wasser kalt kommt. Natürlich ist es normalerweise handwarm. Aber mitunter kommt's vor, dass ein eiskalter Strahl raufspritzt und da sitzt Du dann begossen da und denkst an das gute, alte Rollenverhalten mit dem rosa Sanftlagigen zurück...»

Ich habe mir daraufhin den neuen Thron angeschaut. Es ist keine gewöhnliche Schüssel. Sie ist grösser, schwerer, etwas dicker. Und sie hat Knöpfe. Viele Knöpfe.

«Das wäre die Musik...», flüstert Tante Gertrude traurig, «aber Dein Vater war dagegen. Dabei ist das ein ganz spezielles Gefühl. Bei Guschti kommt immer ‹es rauschet die Mühle›. Und ich finde, Dein Vater wird im Alter nur noch rappenspaltig. Das hätte er sich doch leisten können, wo er Volksmusik so gerne hat. Und stell Dir vor, man sitzt darauf, drückt den Knopf – es zischelt und brauselt und über Dir tönt: ‹Zwei Märchenaugen...›»

Tante Gertrude kichert: «Man kann die Bändlein nämlich wechseln – es gibt viele, die im Dezember Adventslieder einlegen...»

Ich will einen Knopf dieses Klosomaten drücken. Aber die Tante schreit entsetzt auf: «Um Himmelswillen! Drück nie, wenn Du nicht draufsitzt. Als die Maschine neu geliefert wurde und wir am Abend eingeladen waren, als uns die Adabeis also mit dem Wagen abholten, da habe ich bei ihr doch ein bisschen angeben wollen. Sie stand im Abendlangen vor der Schüssel. Und die Frisur war auch frisch gemacht und gelockt und gelackt. Ich drükke also den Knopf. Und es passiert nichts. Denn

das Wasser muss sich zuerst aufwärmen. Und wie die ungeduldige Adabei sich neugierig vorbeugt und in die Schüssel glotzt, da spritzt die Sache prompt los. Die nautischen Spiele vor dem Völkerbundpalais sind ein Säuseln dagegen – aus war's mit Locken, Lack und Adabei…»

Meine Tante nahm Vater daraufhin am Arm: «Wir wollen ihn jetzt alleine lassen…» Daraufhin zogen sie sich diskret zurück. Und: «…also der eingebaute Föhn wäre weissgott kein Luxus gewesen…», höre ich's noch durch die Klotüre.

Ich habe mich daraufhin auf diesen vollautomatisierten Stuhl gesetzt. Das Ganze erinnert an eine Mischung von Zahnarzt-Spuckbecken und Maharadschapalast – man fühlt sich wie auf der Achterbahn vor der Sturzfahrt.

«Also – wie war's?» – Die beiden standen vor der Badezimmertüre und platzten beinahe vor Neugierde.

«Es ist überhaupt nichts passiert», enttäusche ich sie, «alles wie immer!»

«Du hast den Normalknopf gedrückt!» entrüstete sich die Tante. «Und dafür haben wir nun das teure Ding angeschafft…»

Etwas Gutes hat die Sache: ich weiss nun was ich den beiden auf Weihnachten schenken werde. Mit Musik muss es vermutlich doch mehr Spass machen. Ich schwanke zwischen «Wahnsinnsarie» und «Jägerchor»…

Ohrenbetäubendes Wunderkind

Als ich – eben frisch abgenabelt – meinem stolzen Vater in die Arme gelegt wurde, und als dieser höchst unbeholfen im rosa Strickhaufen nach einem Stückchen Buschifleisch spähte, als er mich dann endlich erblickte, und erkannte, zuckte er zusammen. Und schaute meine Mutter kläglich an: «Es ist ja gut und recht, Lotty, – aber zeigen können wir den niemandem!»

«Es ist das schönste Kind auf der ganzen Etage!» brummte die Oberin. Und puffte Vater in die Trämlerrippen: «Am Anfang sehen alle aus, als wären sie schon einmal dagewesen – Sie haben aber wirklich das Gemüt einer Tramschelle!»

Vater versuchte die Situation zu retten: «Es ist ja schon recht... ich meine, es ist alles dran... aber...» Er senkte die Stimme vorsichtig: «Die Ohren», flüsterte er dann, «haben Sie die Ohren gesehen?»

«Grosse Ohren, grosses Herz», sinnierte die Schwester. «Säuglinge, die grosse Ohren haben, sind ausgesprochen musisch begabt...»

«Aha», nickte der Vater, «aha – da wird unseres aber ein ohrenbetäubendes Wunderkind!»

Das wurde es dann auch. Meine Tanten haben schliesslich das Ohrenklebband erfunden. Ich wurde als Buschi bekleistert. Und beklebt. Aber – pffffft! – machte die Natur. Sie war stärker, sprengte den Kleber. Und da standen die Löffel wieder.

Bis zum Kindergarten habe ich nie unter Absteh-ohren-Frustration gelitten. Aber es kam der Tag des Krippenspiels. Krippenspiele sind etwas Wundervolles. Besonders wenn man auf der thea-tralischen Seite geboren worden ist. Als ich Fräu-lein Zürcher, der heissgeliebten, erklärte, ich sei für die Rolle der Maria gerüstet, wurde diese einen kurzen Moment sehr still. Dann nahm sie mich an der Hand: «Lieber -minuli, die Maria ist nichts für dich... aber das Eseli hat auch eine lustige Rolle im Stall. Willst Du das Eseli sein? Du bekommst auch ein paar schöne Plüschohren und... ?»

Daraufhin hat man Dora Muff zur Maria ge-macht. Ausgerechnet! Dora hatte das Talent eines Teesiebs – aber eben: wässrig blaue Augen. Langes blondes Haar. Und enganliegende Ohren, in die ich sie dann in wilder Wut biss. Zur Strafe durfte ich auch kein Esel mehr sein.

Mit der Zeit merkte ich, dass lange Ohren auch Vorteile bringen konnten. Hatte ich Mist gebaut und wollte Vater mich an den Löffeln ziehen, schrie Mutter auf: «Hans – überall! Aber nicht die Ohren. Du weisst ja...»

Und in der Schule war der Platz hinter meinem Hinterkopf hochbegehrt – die Ohren hatten die Funktion eines Paravents. Nirgends schrieb man besser ab, als hinter meinem Rücken...

Während der Lieb- und Leidensjahre lag ich meinen Eltern wegen meiner Löffel in den Ohren: «Man kann sie bestimmt operieren...»

Vater grinste: «Aber nein – wo wir so günstig einen Ventilator in der Familie haben!»

«Hans!» nervte sich Mutter, «il est sensible...»

Daraufhin stieg das sensible Kind mit der Busimütze und Ohrenklappen unten ins Bett. Überdies liebäugelte ich mit einem Wundermittel, das im Inseratenteil des «blauen Heftchens» Wunder versprach: vorher... nachher... Vorher – da ähnelte der abgebildete Mann einem Ei mit zwei Salatblättern links und rechts. Nachher – Marlon Brando. Ich wäre gerne «nachher» gewesen.

Die Jahre füllten den Zwischenraum zwischen meinen Löffeln auf. Langsam kam alles ins richtige Lot. Und mit 18 Lenzen waren meine Ohren so niedlich, dass mir die Klasse 7b des Realgymnasiums die Rolle der Königin Mathilde in Shaws «Kaiser von Amerika» anbot. Ich nahm an.

Im selben Jahr spielte Dora Muff übrigens in der Schüleraufführung der MOS «Die Bremer Stadtmusikanten» den Esel «Hugo».

Wir brauchen dem nichts mehr hinzuzufügen...

Haare in der Badewanne

Eines Morgens klebten sie einfach am weissgekachelten Badewannenrand. Dünn. Schütter. Ein melancholisches Häuflein.

«Ouhhh», kreischte Linda. «Ouhhh – Du lasst Haariges.» Und dann gackerte sie los, war nicht mehr zu bremsen, explodierte wie geschüttelter Champagner: «Du... uihihi... bald Glatzkopfiges... uohoho... poliertes Strumpfkugliges... uähähä!»

Ich betrachtete resigniert die Härchen am Rande. Ein haariges Gefühl! Dann beäugte ich meine Geheimratsecken, nestelte kritisch im Haar herum – prompt blieb eines am Daumen kleben. Als ob wir sie zum verschenken hätten!

Seit ich die ersten Haare am Badewannenrand entdeckt habe, springen mir parallel dazu auch sämtliche Inserate: «Haare in der Badewanne?» ins Auge. In dramatischer Weise wird einem da erklärt, was oben alles passieren könnte. Und dass es nichts wäre, wenn da nichts wäre.

Hanspeter Müller, mein Apotheker und Berater in allen haarigen Lebenslagen verkauft mir eine Kurpackung nach der anderen: «Wir müssen das Übel an der Wurzel packen – vielleicht isst Du zuwenig Hirse. Schau mich an?!»

Ich schaue ihn an. Sein Kopf ist voll von Haar und haarigen Gedanken. So hirse ich nun auch. Ich hirse mich durch die Jahresproduktion einer ganzen Bauernkommune. Umsonst. Jeden Morgen dasselbe schüttere Lied: Härchen in der Badewanne...

Otto, Hotelier und auch sonst mit allen Wassern dieser Erde gewaschen, kennt den Kummer. Bei ihm kleben zwar keine Härchen mehr im Wannenweiss. Er seufzt: «Das letzte klebte am ersten August 1963. Ich hab's in mein Poesiealbum geklebt. Und ich weiss, wie Dir zumute ist. Aber lass dir eines gesagt sein: die Frauen lieben Glatzköpfe. Ihre Muttergefühle werden da geweckt. Und nicht selten werde ich von unbekannten Damen zärtlich über die polierte Fläche gestreichelt. ‹Mein Poppelchen›, sagen sie dann und...»

Poppelchen? – Also das hätte mir gerade noch gefehlt!

Die einzige, die sich an meinem Haarverschleiss freut, ist Linda. Jeden Morgen zählt sie eifrig die Locken in der Badewanne, telefoniert genüsslich im ganzen Bekanntenkreis herum («Wer lässt Haariges wie Vogel in Mauser...») und kommentiert: «...das kommen von Deiner dummen Sucht nach Schoggibranchli. Wir in Jamaica nie essen Schoggibranchli und deshalb alles voll Haare...»

Stimmt. Sogar auf den Zähnen. Ich nahm Sabine, meinen ganz persönlichen Wellenreiter und die Haarlegerin meiner lockenden Locken auf die Seite: «Sabine – wir kennen uns seit dem ersten

Flaum. Sagen Sie mir die Wahrheit: werde ich ein Poppelchen?»

Sabine legte den Fön beiseite, strich mit ihren dünnen Fingern durch die dicken Locken, zupfte energisch an meiner Hopfhaut herum: «Wieviel Haare lassen Sie?»

Ich rief Linda an: wieviel sind es? «Bis zu 30 Stukkiges am Tag!» triumphierte sie durch den Hörer.

«Aha», sagte Sabine, «Aha – bis zu 100 ist normal!»

Daraufhin hätte ich Sabine umarmen können. Sie wehrte etwas nervös ab: «Es ist Herbst – Blätter und Haare fallen da vermehrt. Das ist die Natur.»

Schliesslich schaltete sie wieder ihren Fön ein: «Dennoch – wenn ich Sie wäre, würde ich meine Nahrung auf Hirsebasis umstellen. Besser ist besser.»

Hirse? – Schon wieder?

Ich nehm das «Poppelchen» in Kauf...

Gipfelkonferenz

Bis anhin ging's gut: Frau Aenishänslin mochte Linda. Linda mochte Frau Aenishänslin. Das Resultat war Tratsch im Treppenhaus. Und alle Woche einmal angebrannte Bohnen.

Der Freitagmorgen wurde zum gemeinsamen Frühstückstag. Bei Nesquik und hausgemachter Konfitüre (Aenishänslin) wurden Gipfeli sowie die gesamte Nachbarschaft durch den Kakao gezogen.

Beim Mittagessen wurde mir dann mit dem Fisch das Neuste serviert: «Olga Humbel aus dem Hochhaus 114 ist hops. Und keiner weiss weshalb, wo doch ihr Mann – also das weiss man ja...»

Und: «Diese lackig gepuderte Person aus 124 hat sich tatsächlich liften lassen...» Linda stochert empört im Fisch herum: «Alles Gerunzeltes gerafft – sieht aus wie Kinderarschiges... nie mehr Lachen sonst alles geplatzt... und in Bibel steht...» Wenn die Empörung am höchsten, predigt Linda aus der Bibel.

Es kam der seltsame Freitag, wo wir bereits im Treppenhaus ein anderes Gefühl hatten. Wir schnupperten. Tatsächlich – es schmeckte nicht nach angebrannten Bohnen.

Der Fisch wurde stumm serviert. Nur mit Wortfetzen wie: «dummes Kuh, geschwätziges...» und: «bösgiftiges Mauliges» gewürzt.

«Kein Kakao-Frühstück, heute?», wagen wir's. Und fragen wir's.

Linda blickt wie Medea vor der Rache-Arie: «Dieses dumme Klatschmauliges hat gesagt, meines Zähne seien falsches... und in Konsum hat es gesagt die Frau an Kasse und die hat's von Milchmann und Milchmann von der Huber, was Schwägeriges von Aenishänslin ist...»

Was sagt man nun? – Dabei sind Lindas Beisserchen alles andere als falsch – echt Porzellan. Mit giftigem Biss.

«...und auf unsrer Seite nie hat richtig geputzt», wirft Linda noch Dreck nach. «Ich immer habe nachgeputzt. Dieses Frau sein Schweinigliges...»

Drei Wochen herrschte Stummfilm. Wenn Frau Aenishänslin im Treppenhaus erschien, bleckte Linda ihr Porzellan. Und spuckte aus.

Es war die Zeit, wo's nie mehr nach angebrannten Bohnen schmeckte. Und wo ich über meine Nachbarschaft nicht auf dem laufenden war. Kurz: die Quartier-News sind ausgefallen – eine klatschlose, eine schreckliche Zeit!

Und dann – eines wunderherrlichen Freitags schmecke ich's schon auf der Strasse: angebrannte Bohnen! «Aha», denke ich, «aha – der Stummfilm ist gerissen.»

Linda übersprudelt beim Fisch mit Neuigkeiten: man weiss nun endlich, weshalb Frau Olga Humbel aus dem Hochhaus 114 hops und so... und

Nr. 124 ist bereits beim dritten Lacher geplatzt...
«Habt Ihr also wieder Frieden?», unterbreche ich den Redestrom.
«Frieden!?», Linda schaut empört, «wir nie hatten Krachiges... aber als Frau Stüssi, dieses Kuhweib, erzählte, unseres Frau Aenishänslin vom selben Stock sei schlechtes Köchin und lasse stets Bohnen anbrenniges, habe ich gedacht, liebes Frau Aenishänslin soll wissen, was Frau Stüssi so sagen...
Daraufhin hat Linda also Gipfeli eingekauft. Und bei Frau Aenishänslin an der Glocke geschellt.
Der Rest war Kakao. Und Gipfelkonferenz...

Grosses Theater

Theater liegt uns im Blut. Wir gehen an keinem Vorhang vorbei, ohne zu knicksen. Und wir können kein Cheminée-Feuer sehen, ohne Jeanne d'Arc in den letzten Zügen zu deklamieren.

Der Webfehler kommt von Grossmutters Seite. Sie hätte auch gerne geknickst. Und deklamiert. Da sie aber aus dem vornehmen Geschlecht der Meyers mit Ypsilon stammte, wurden erste theatralische Ausbrüche sogleich mit Massnahmen erstickt: «Das Kind kommt in die Klosterschule!»

Beim Krippenspiel verblüffte sie dann mit ungewöhnlich starkem Ausdruck als «Engel der Verkündung». Sie liess sich beim Auftritt von der Königin der Nacht inspirieren, haute vorher auf die Pauke und machte in Melancholie: «Oh, zittre nicht...» Die Klosterfrauen haben ihr daraufhin sofort die Rolle der Maria angeboten, aber Grossmutter wusste genau, wo ihr Fach war: «Naive spiele ich nicht...»

Später, nachdem die Klosterschule nicht gefruchtet hatte, nahm man sie im Aescher Laientheater als jugendliche Schwärmerische unter Vertrag. Sie erntete viel Rosen und drei Zeitungszeilen im Aescher Landbott: «Fräulein Lydia bestach das Publikum durch ihren frohen Liebreiz und erntete Szenenapplaus, als der Schuss losging...»

Zwei Männer wollten sich nämlich um sie duellieren. Und weil die Rolle für ihren Geschmack sowieso zu klein war und zu wenig dramatische Momente zeigte, stopfte sie das Gewehr des einen mit Mehl voll. Als dieser dann losballerte und die junge Lydia sich mit Aufschrei in die Flinte warf, puffte das Mehl dem armen Mann ins Gesicht. Die Leute lachten Tränen – und dies bei einem Drama.

Als ich dann die Welt mit meiner Geburt beglückte, hat's Grossmutter sofort gesehen: «Also – die haben deinen Allerwertesten abgeklopft, und du hast sogleich losgelegt. Alles atmete auf und spendete freudig Beifall. Kaum aber, dass die Ärzte und Schwestern klatschten, hast du mit Schreien aufgehört und gelächelt...»

Grossmutter ging dann sogar soweit zu behaupten, ich hätte mich vor der Oberschwester verbeugt – aber bestimmt war's nur das erste Bäuerchen, das da aufstiess.

Tatsache ist, dass ich schon mit sechs Lenzen an keiner Freitreppe vorbeigehen konnte, ohne mit den Hüften zu wippen. Die Dolly-Sisters waren mein Vorbild. Die wippten auch. Sie hatten Boa-Federn im Haar. Und oft habe ich meinen Kopf in Ermangelung von Boas mit den Hühnerfedern unseres Gartennachbars Zirngibel geschmückt.

«Er spielt Indianer!», freute sich Vater dann fälschlicherweise. Er wusste nichts von den Dolly Sisters.

Selbstverständlich deklamierte ich, wo ich ging und stand. Kein Gedicht war mir zuviel. Und im Religionsunterricht, wo uns Frau Zimmerli immer wieder neue Strophen zum Auswendiglernen gab, jagte ich die «goldne Sonne, voll Freud' und Wonne» mit so viel Pathos herunter, dass sie meinen Eltern unter Tränen vorschlug: «Das Kind muss unbedingt Pfarrer werden.»

An sämtlichen Geburtstagen wurde ich herumgereicht – immer mit frohen Versmassen auf den kindlichen Lippen. Nur einmal ging's daneben. Tante Helene feierte den 80. Und ich hatte gerade meine Wilhelm-Busch-Phase. Deshalb brachte ich Tante Helene nicht das gewünschte «Veilchen am Wege», sondern die Geschichte von der Sau, die zur Schlachtbank geführt wurde. Das Geburtstagsgedicht endete dann auch höchst unpassend mit: «Du arme Sau, Du tust mir leid, jetzt lebst Du nur noch kurze Zeit!»

Der Applaus war gedämpft. Als ich dann viele Jahre später Lili Palmer interviewen durfte und sie anhimmelte, wie die Kuh den Salzberg, als ich ihr gestand: «... ich wäre auch so gerne Schauspieler geworden», wurde sie ziemlich frostig: «Weshalb meinen eigentlich alle Schreiber, sie müssten auf die Bühne?!»

Zwei Jahre später hat sie ihr erstes Buch geschrieben.

Schuhprobleme

Vater besass drei Paar Schuhe: Militärschuhe, Kletterschuhe und ein verlottertes Paar Trämlerfinken, die er immer wieder flicken liess.

Mutter kletterte auf die Palme: «In diesen Schluurben gehst Du mir nicht mehr auf die Strasse. Im Konsum reden sie schon und...»

«Lotti – es sind meine bequemsten Schuhe. Ich trage sie, seit ich denken kann. Und ich fühle mich darin wohl, wie der Fisch im Wasser...»

«Sie sehen auch aus wie ein verschüttetes Aquarium!» regte sich Mutter auf. «Überdies stossen sie Quietschlaute aus. Und die Absätze sind krumm wie die Machenschaften deiner Parteifreunde – Hans, so geht es und so gehst Du mir nicht mehr weiter!»

Die Schuhe wurden neu besohlt. Und quietschten weitere zehn Jahre.

Es versteht sich nun ganz von selber, dass ich Vaters Wege ging. Schuhe waren und sind mir gleichgültig. Und als Herr Hush seine Puppies erfand, war für mich die Zehenwelt in Ordnung. Endlich ein Schuh, in dem man sich fühlt wie eine Erbse in der Turnhalle – froh und frei.

Linda bekam Zustände: «Weshalb dieses Hushigpuppiges? So Du nie in vornehmes Restaurant mit mir... in Jamaica Leute fliegen aus Restaurant, wo Schiffe an Füssen...»

So schleppte sie mich in den nächsten Schuhladen. Und schon zwängten sie meine zarten Propellerchen in lackiges Leder. Die Verkäuferin, eine knapp besohlte Dame, nahm kurzerhand mein Bein, drückte den Fuss wie besessen an ihren Busen, sagte: «So!» Und dann war ich drin.

«Das ist Prachtvolliges!» stahlte Linda.

«Aber drei Nummern zu klein. Und acht Nummern zu eng», schwitzte ich...

«Er dehnt sich!» sagte die Verkäuferin energisch. «Lackschuhe dehnen sich immer – macht 189.90!»

So humpelte ich leichteren Portemonnaies und schwereren Fusses wieder auf die Strasse.

«Und jetzt in Beiz, in vornehmigeres!» befahl Linda.

Der Restaurateur kam händereibend auf uns zugesegelt: «Einen windstillen Platz für den Herrn – er leidet an Rheuma?»

«Nein, an neuen Schuhen», stellte ich richtig. Dann durften wir uns setzen.

An meinen Füssen brannte und schmerzte es, als wären die Elefanten des Hannibals persönlich darüber getrampelt. Und mein Lackleder war äusserlich so gespannt wie ich innerlich – ja, es glänzte prallglatt wie eine Blutwurst im heissen Sud.

Als sie uns mit Servietten zudeckten, öffnete ich die Schuhbändel.

Und als der Herr Oberkellner mit der stets leicht gekränkten vornehmen Miene (wie die Königin-

mutter, die sich den Tee selber servieren muss) die warmen Teller von den Silberhauben befreite, befreite ich meine eiskalten Füsse von der Blutstauung.

«Himmlisches!» seufzte Linda beglückt und gab sich dem Steinbutt hin.

«Wie wahr», stimmte ich ihr zu. Und genoss das Hefegefühl: Die Füsse schwollen auf wie Dampfnudeln.

Als wir nach dem Espresso gehen sollten und gehen wollten, angelte ich unter dem Tisch wieder nach meinen Zehenschrauben. Ich beinelte nach links, beinelte nach rechts, fand sie endlich, versuchte hineinzuschlüpfen – aber eher geht ein Kamel durchs Nadelöhr...

«Linda, ich muss Dir etwas gestehen...», flüsterte ich.

Doch da kam auch schon der Oberkellner, brachte ein Tablett und hüstelte: «Für Ihre Schuhe – da kommen Sie nämlich nie mehr rein...»

Ich humpelte also in den Socken mit Schuh-Tablett aus der Nobel-Schenke. Als der Oberkellner die Wagentür öffnete und ich ihm seine Hand mit harten Schweizerfranken gesalbt hatte, liess er sich jovial zu einem Tip hinreissen: «Nehmen Sie doch diese weichen Leder-Finken... sie sind nicht schön. Aber bequem!»

Künftig also wieder Wiener Schnitzel. Und Hush-Puppies...

70

Die Wegwerfer

Irgendwann haben wir irgendwo irgendwie beschlossen: wir ziehen um.

Gute Idee.

Das einzige, was nun aber zieht, ist der Durchzug. Und nicht der Umzug: Die neue Wohnung sieht noch aus wie ein Sandkasten nach Sturmwind. Und die alte Wohnung wie der Wizo-Bazar vor dem Ausräumen: leere Kästen. Volle Kisten. Und Kosten. Nichts als Kosten.

«Ach, so ein Umzug ist wunderbar», hat meine Tante Gertrude geschwärmt. «Endlich wirft man die alten, unnützen Sachen fort und...»

Die Ahnungslose hat nicht mit Christoph gerechnet. Denn Christoph wirft nichts fort. Er ist kein Wegwerfer. Er ist ein sturer Behalter. Seit 20 Jahren behält er. Und wie Geologen die Steinschichten durchforschen, kann man bei Christophs Schubladen auf die Zeugen der letzten zwei Jahrzehnte stossen: Blaue Rabattmarken und rote Haferflocken-Glugger, das Knorrli am Reck und 698 Sardinenbüchsenöffner.

«Untersteht euch, etwas fortzuwerfen, das ich nicht gesehen habe...», so hat Christoph Direktiven gegeben.

Daraufhin hat Ginetta, seine Hausdame, eine Mulde bestellt. Und der grosse Flugtag begann. Kaum war er aus dem Haus, haben wir zwei kaputte Korbstühle, einen gesprungenen Weihnachtsbaumfuss und den Diaprojektor ohne Linse zur «Wanne» getragen. Dann haben wir die Verwandtschaft in «Schwarzweiss» (und unscharf entwickelt) darüber geworfen. Und sämtliche Sardinenbüchsenöffner nachgeschickt. Kurz: wir sind die geborenen Wegwerfer.

Spät in der Nacht, als Christoph übermüdet und schlaff nach Hause kam, als er schon fast an der Mulde vorbei war, blieb er mit einem Ruck stehen. Er sah den Abfallberg. Und hatte seinen persönlichen Adrenalin-Stoss. Wie ein Maulwurf begann er sich wild durchzugraben – am andern Morgen stand vom Weihnachtsbaumfuss bis zum Knorrli am Reck alles wieder da. Nur die Verwandtschaft liess er liegen. «Dass ihr mir ja nicht wieder…!!», sein Blick war nun unmissverständlich.

Natürlich haben wir alles wieder in die Mulde zurückgetragen. Und diesmal – von Erfahrung befruchtet – die Wanne sofort wegfahren lassen.

Das Wiedersehen mit Christoph ist kein schönes. Er japst nach Luft und ruft konstant nach dem Diaprojektor.

Ginetta versucht es auf die gütige Art: «Aber da war ja die Linse weg…» Er weint: «Ich hätte wieder eine gefunden. Es war der alte Apparat von Onkel Alfred und…» er schneuzt sich, «…und das Knorrli am Reck ist ja bereits eine teure Rarität.»

«In 40 Jahren wäre es noch immer eine Rarität, die mir die Schublade verstopft», brummt Ginetta. Ihre kühle Sachlichkeit ist überzeugend. Und der Hausfriede gestört.

Gereizt setzen wir uns alle auf die gepackten Umzugskisten. Und warten auf das Nachtessen.

«Es gibt Sardinen. Und Toastbrot – so brauchen wir die Büchsen nicht zu zügeln», ruft Ginetta aus der Küche. Dann: «Wo sind denn jetzt...» Und plötzlich: eisiges Schweigen.

Nach einiger Zeit steht die Hausperle verlegen im Zimmer: «Also mit den Sardinen ist gar nichts... es fehlt mir nämlich ein Schlüssel...»

Christoph läuft rot an: «Ein Schlüssel? Ich habe stets alle Schlüssel gesammelt. Immer wieder habe ich mühselig den aufgerollten Deckel abgerollt, habe den Schlüssel geputzt, in die Schublade gelegt... wir haben mindestens ein halbes Tausend solcher Sardinenbüchsenöffner und...»

«Hatten», sagt Ginetta. «Hatten – sie sind geflogen. Heute morgen. In die Mulde...»

Für die Wegwerfer gibt es nur eines: Sardinenbüchsen mit Druckknopfsystem...

Staubsaugen

In unsern Gefilden kündet sich der Frühling mit Staubsaugern an.

Da komme ich also nach Hause. Von weitem schon summt mir der Motor entgegen – ein Summen, das ich ebensowenig ertragen kann, wie das der Mücke kurz vor dem Anstich.

Linda schwingt summend und singend die Röhre: «Wir machen Frühlingsputzerei. Du natürlich nicht lieben das – aber wollen du leben in Schweinestall?»

Ich nicht wollen leben in Schweinestall. Aber ich wollen meine Ruhe. Also ziehe ich aus. Meine Mutter hat schliesslich das Kinderzimmer unverändert gelassen – sentimental wie sie ist.

Ich schelle an der Türe. Der Summer surrt das Schloss auf – gottlob! Ich stelle im Hauseingang meine Lauscher – aber da ist kein Teppichklopfen. Kein Staubsauger-Gesauge.

Mutter öffnet nicht. Es ist Frau Schneebeli aus dem Elsass. Sie trägt ein Kopftuch und eine Wachsschürze – «ihr Momme isch grad droo, s Maschinele z'üssprovire...»

Das Bild sah ganz anders aus – eher: als wollte das «Maschinele» meine Mutter ausprobieren. Letztere lag zu Füssen – pardon: zu Rädern – ersterem, schüttelte irgend eine Flüssigkeit in ein Loch und stöhnte: «Wir hätten den Teppich eben doch einem Reinigungsinstitut geben sollen, Frau Schneebeli...»

Da aber meine Mutter an der letzten Mustermesse die Rechnung vom Reinigungsinstitut für einen frisch frühlingsgeputzten Teppich erhalten und ob deren Höhe leichtere Ohnmachtsanfälle bekommen hatte, da sie am Haushaltsstand also noch immer unter dem schweren Schock dieser Rechnung gestanden hatte, griff sie beim Maschinchen des Vertreters zu. Den Schock hatte dann mein Vater. Aber Mutter erklärte, es sei eine einzigartige Gelegenheit gewesen. Und jetzt zeigte die Gelegenheit also gelegentlich Mücken.

«Er schäumt nicht recht», erklärte Mutter. Dann donnerte sie «... und was hast du hier eigentlich zu suchen, wo wir mitten am Teppich-Putzen sind.»

«Ich wollte nur fragen, ob ich für zwei, drei Tage in meinem alten Zimmer...»

Jetzt schäumte auch Mutter: «Du hast uns vor 15 Jahren verlassen – du glaubst doch nicht, dass du einfach mirnichtsdirnichts zurückkommen kannst. Wo wir doch jetzt putzen...»

Ich verstehe langsam, weshalb meine Freundin «Patsy» nach Neuseeland ausgewandert ist. Mein letzter Zufluchtsort war das Hotel Basel. Dort flüchte ich stets hin, wenn ich mit meinen Wohnungen nicht mehr zu Rande komme.

Sie waren dort die Güte selber – man schleppte

75

mir gar Schreibmaschinen und Koffer ins Zimmer. Zwei Männer winkten mir an der Fensterscheibe entgegen. Sie schwankten in einem Krankorb – «die Fensterputzer», erklärte das Zimmermädchen. «Wir sind nämlich an der Frühlingsreinigung».

Zu Hause steckt ein Brief von Patsy im Kasten: «Mein Lieber – Neuseeland ist so wunderschön. Aber in Gedanken bin ich bei euch. Gerade jetzt, wo der Frühling kommt und die Staubsauger in allen Haushaltungen so fröhlich summen...»

Ich hätte ihr gerne ein paar Zeilen geschrieben. Es ist unmöglich. In meinem Arbeitszimmer wird soeben der Boden geblocht...

Photographen

Mit Photographen hatte ich ein Leben lang Ärger.
Vater war einer. Hobbymässig. Und saumässig.
Überall liess er sein Kistchen klicksen. Überall
hörten wir das Kommando: «Auf drei: cheese!»
Er war sehr stolz auf «cheese». Seine Englisch-
kenntnisse beschränkten sich auf diesen Käse.
Und auf den Spruch «Y have gschiss in a blechbox», den er bei jeder Serviertochter anbrachte.
Früher, als noch Trinkgelder nach Sympathie ver-
teilt wurden, lachten die Saaltöchter auch herzlich
bei seinen Worten. Und Vater honorierte den
Applaus reichlich. Als dann der «Service com-
pris» kam, schickte man das Lächeln in Pension.
Und Vaters Blech-Box-Spruch setzte Schimmel
an.
Aber wir wollen ja nicht von der Blechbox reden,
sondern von der Photo-Box berichten. Meine erste, einzige und letzte Ohrfeige geht auf sie zurück.
Mitten in Venedig war's. Vater wollte das Bild mit
den Tauben. Er kaufte zu völlig übersetztem Preis
eine Handvoll Maiskörner. Mir stellte er die Box
ein: «Wenn ich sage ‹jetzt›, dann drückst du ab –
capito?!» (Italienisch konnte er auch.)
Also setzte er sich in Pose, lockte die Tauben mit
dem Mais an, war auch prompt von oben bis unten von den gefiederten Freunden behangen und
brüllte zwischen den Federn hindurch: «Jeeetzt!»

Erschrocken hopsten die Tauben hoch, schwirrten ab – ja, das Gebrüll meines Vaters muss ihre Verdauung zünftig beflügelt haben. Denn: «pfffft!». Innert einer Sekunde ähnelte Vater erschreckend dem heroischen Herrn Colleoni, der da ebenfalls in Venedig steht. Und über den die Tauben auch so gerne – pffft, Sie wissen schon...

Nun wäre ja der Spruch von «Y have gschiss in a blechbox» irgendwie passend gewesen. Aber Vater blieb stumm. Nur ich brüllte vor Lachen. Dann ging der Apparat los – klick! Und «wumm!» – schon hatte ich eine Ohrfeige. So ungerecht sind Väter. Und Photographen. Und überhaupt die ganze Welt.

(Das Photo hat übrigens später mit dem Titel «Nicht alles Gute kommt von oben» am internationalen Ornithologen-Photowettbewerb den dritten Preis geholt.)

Als ich den unseligen Beruf eines Schreibers anging, wurde ich automatisch täglich mit Photographen konfrontiert. So musste ich beispielshalber einmal ein Elsässer Stimmungsbild schreiben: «...einfach etwas Nettes mit Elsässer Wald. Und Bienchen. Und der übliche Quatsch – Du weisst schon...», soweit Onkel Fritz, der für die Stimmung redaktionell verantwortlich war.

Man gab mir einen Starphotographen mit. Der fuhr mich auf ein Feld. «Hier warten wir, bis die Sonne genau über der Kirchenkuppel steht», erklärte er mir. Damals erst merkte ich, wie langsam die Sonne ist. Wir hockten in der Bruthitze auf dem Feld. Und hatten einander nichts zu sagen. Denn Photographen sind keine Sager. Sondern Schauer.

Als der feurige Ball nach sechs Stunden nur noch eine Handbreit vom Turm entfernt war, zogen die ersten Wolken auf. Den Rest können Sie sich denken – ich war nicht das einzige, das donnerte. Nur der Photograph sprach endlich einen Satz: «Pech gehabt – jetzt müssen wir halt morgen noch einmal gehen!»

Oder als Anneliese Rothenberger in Basel gastierte, als wir nach langem Hin und Her endlich die Bewilligung für 10 Minuten «exclusiv» bekamen, als wir dann in ihrer Hotel-Suite empfangen wurden und ich eben mit der ersten Frage («Liebe, gnädige Frau – was halten Sie von Hosenrollen?») loslegen wollte, liess sie mich gar nicht dazu kommen. Sie lächelte schelmisch zum Photographen: «Hier ist meine Schokoladenseite!» Worauf der gute, alte Hans, der ansonsten auch nie ein Mückslein sagte, brummte: «Kümmern Sie sich um Ihre Zwitscherei. Ich mache jetzt das Photo!» Daraufhin zwitscherte sie auch prompt Koloratur – und wir flogen hinaus.

Photographen sind also ein ureigenes Völkchen. Sie haben ihre persönliche Optik – manchmal reisst der Film. Aber meistens den anderen.

Sauerkraut-Grausiges

Sauerkraut macht mich sauer. Hat mich stets sauer gemacht. Schon als junges Kraut.

Meistens kam's an einem Mittwoch auf die Teller. Mit Blut- und Leberwürsten. Dazu Salzkartoffeln (ziemlich vermatscht). Mutter schöpfte meinen Teller mit den bleichen Locken zünftig voll.

«Die Hälfte!», schrie ich.

«Es wird gegessen, was auf den Teller kommt!», brüllte Vater.

«Das Kind mag kein Sauerkraut!», mischte sich Grossmutter ein.

Wer erzieht eigentlich diesen schnäderfräsigen Saugoof?!», regte sich nun meine Tante Gertrude auf.

Mittlerweilen wedelte Zwirbel an meinem Stuhlbein. Zwirbel mochte Sauerkraut, weil's nach Speck duftete. So regnete es weisse Sauerkrautfäden in Richtung Schwanzwedeln.

«Hast ja alles aufgegessen», freute sich die Mutter. «Willst Du noch ein Portiönchen?» Sie grinste hämisch. Das Grinsen gefror ihr auf den Lippen, als Zwirbel krautbelockt und vollgefressen durch die Stube dakkelte – ich hatte schlecht gezielt. Die Hälfte meiner Krautportion war auf dem Hundepelz gelandet Daraufhin hat man mich gehobelt. Kurz: ICH HASSE SAUERKRAUT!

Doktor Lämmlein, mein Psychiater, versucht meinen Sauerkrautgraus zu analysieren: «Traumatische Kindheitserinnerungen mit Kraut?»

Überhaupt nicht. Ich mag Krautwickel... Kraut als Mus... mag auch Rosenkohl. Nur kam der nie auf den Tisch, weil mein Vater den Rosenkohlkoller hatte. Auf die Kraut-Säure beim Kind nahm man hingegen nie Rücksicht...

«Aha», nickt Doktor Lämmlein und faltet die Hände, «aha... könnte man sagen, das Sauerkraut symbolisiert die Unterdrückung Ihrer Jugend, während der Rosenkohl...» Das ist die Küche der Psychiatrie!

Als ich etwa 15 Lenze zählte, flimmerte da ein Fernsehkoch über die ARD-Scheibe. Er komponierte Sauerkraut mit Ananas und Champagner.

Damals hielt ich sowohl Ananas wie Champagner für das Höchste der Gefühle. Also löcherte ich meine Mutter, sie möge das Rezept nachvollziehen – es könn.e ja sein, dass ich Sauerkraut in so teutonisch veredelter Form genösse...

«...Sauerkraut mit Champagner?!», Mutter gärte. «Du spinnst ja! Und wer bezahlt die Chose?»

Ich gab mein Sackgeld an das Experiment.

Schweren Herzens blubberte Mutter den Edelwein in die Pfanne: «Witwe Cliquot! Wenn ich daran denke, dass Witwe Bolte behauptet, aufgewärmt schmecke es am besten...!»

Dann wurden Ananas-Scheibchen darunter gemixt. Und Vater kostete: «Gar nicht schlecht...»

Die Familie liess sich mein Sauerkraut schmecken. Für mich schmeckte es immer noch nach tausend sauren Verwünschungen. Und Tante Gertrude schmatzte genüsslich: «Ich habe von einem Rezept gehört, wo's mit irischem Whisky und Kastanien verfeinert wird, lieber -minu ...

Das Allerschlimmste: als es sich in Verwandten- und Freundeskreisen herumgesprochen hatte, dass ich Sauerkraut zum Teufel wünsche, machten sich alle einen Sport daraus, die kulinarisch verirrte Seele zu bekehren: «Also meine Frau kocht ein Sauerkraut ... nicht einfach so Sauerkraut ... das habe ich auch nie gegessen ... aber sie macht's ganz speziell ... also das *müssen* Sie versuchen!»

Man ladet mich nur noch zu «ganz speziellem Sauerkraut» ein. Und das Spezielle: es schmeckt immer ganz speziell nach Sauerkraut!

Erst kürzlich hat mich ein stadtbekannter Confiseur an die Teller gebeten: «Ich versichere Ihnen, lieber Herr -minu, bei meinem Sauerkraut sagen Sie nicht nein, hoho!»

Der Gute schleppte eine enorme Platte mit weissen, undefinierbaren Fäden an: «Schokolade!», strahlte er, «weisse Schokolade! Wir haben 15 Stunden dran gearbeitet – also was sagen Sie jetzt, hoho?!»

Ehrlich – es schmeckte nach Sauerkraut!

Schneefreuden

Natürlich flippen sie alle aus. «Schnee», jubeln sie. Und freuen sich eins.

Sie kneten Schneemänner, holen den Schlitten aus der Garage und tun auch sonst ganz flockig. Frau Holle reibt sich die Hände, schüttelt nochmals eine Ladung runter. Und ich steh am Fenster, schau dem Eiszapfen zu, der da graue Tropfen weint – und warte. Warte auf den Frühling. Denn Schnee – nein, meine Lieben! Wer als sechsjähriges Kind bei 22 Grad minus täglich von Bevers bis Samedan durch den Schnee in die Skischule waten musste, hat genug. Ist bedient. Ein für allemal! Meine Gefühle für den Schnee sind damals eingefroren. Ich bin für Hundstage. Sorry.

Auf viele wirkt das Keuschweiss einer schneeigen Landschaft animierend. Meinem Vater beispielshalber wachsen beim ersten Schnee-Zentimeter Latten an den Füssen. Und er ist nicht mehr zu bremsen. Skilift rauf... Piste runter... Skilift rauf... Piste runter. Nach 20mal schwingt er mit mit einem eleganten Hupser vor unserem Chalet ab, dampft wie eine Kühlturm im November und keucht: «Huha... huha... Dein Alter ist noch zünftig im Schuss... hä...»

Er schält die Latten ab, poltert in seinem Ski-Astronauten-Anzug in die Stube, lässt sich von meiner Tante Gertrude ein Bier einschenken und macht nach dem dritten Schluck sein kohlensäuerliches Bäuerchen: «... uahhhh... das hat gut getan. Was ist, Du Memme, kommst Du nicht mit? Nur ein einziges Mal...?»

Ein Blick von mir ist Antwort genug. Und Tante Gertrude donnert aus der Küche: «Hans... Du tropfst wie der Engstligen Wasserfall... kannst Du die Schuhe nicht draussen ausziehen...? Vater stöhnt: «Manchmal komme ich mir vor wie eine Bratwurst in der Turnhalle – einsam!» Dann schlurft er wieder zu seinen Latten. Und Tante Gertrude wischt genervt die Wasserbächlein, die sich da auf Riemenparkett und Berberteppichen zusammengesammelt haben, auf: «Wenn dieser Schnee nur endlich vorbei wäre – dein Vater ist nicht mehr zu bremsen!»

Nun hat er mich kürzlich angerufen: «Heute machst Du keine faulen Tänze... jetzt kommst Du mit mir in den Wald... zwei, drei Stunden Laufen im Schnee reinigt die Lungen... Fettsäcke wie Du sind gefährdet, wenn sie nicht an sich arbeiten... schau deinen Vater an. Wie der noch fit und frisch ist – mit knapp 60 haha!...»

Zehn Jahre hat er einfach unter den Schnee gewischt.

Er joggt mit roten Socken (Zopfmuster) und tränenden Augen vor meine Haustüre: «Also ab die Post... komm mit, Du Schlaffsack... jetzt bringt Dein Vater die Lawinen ins Rollen, hoho!»

Zehn Minuter später sind wir in einem verschneiten Wald mit Jogging-Bahn. Vater tänzelt schon nervös einige Schritte voraus... «also ich habe nichts von Spazieren gesagt... jetzt werden endlich einmal sportliche Leistungen geboten!»

Und plötzlich ist sein Blick scharf wie Nachbars Lumpi. Da joggt nämlich eine jüngere Dame im Hautengen und Cloé-umnebelt vorbei.

«Hallo... hallo», speuzt sich Vater feurig in die Hände. Und jagt schon hinten nach.

Solche Momente kenne ich – die bedeuten für unsereins gottlob stets Pause. Ich setze mich also auf einen angefrorenen Stein. Und schaue ins Weisse. Zwei Vögel hüpfen geziert über die Finnenbahn, plustern sich wichtig vor mir auf und fliegen davon. «Flügel sollte man haben», seufze ich zur Nachbarstanne, «oder zumindest die Energie meines Vaters...»

In diesem Moment kommt er zurück. Er schlurft, hinkt, hält sich das Kreuz. «Dort vorne ist gefroren», flucht er, «eben, als ich sie überholen wollte, bin ich ausgerutscht... vermutlich schwere Verstauchung...»

Er stützt sich auf die Memme. Und humpelt zum Auto zurück. «Dieser verdammte Schnee!», flucht er höchst unangebracht.

Der Winter bringt auch schöne Momente...

Klausen-Glück

Eva rief an. Voll in der Leitung – aber ganz aus der Fassung: «Wo kriege ich einen Klaus her?»

Dumme Frage – Kläuse gibts wie Sand am Meer. Ich mache auf die staatlichen Verwaltungsstellen aufmerksam: «Geh doch ins Bundeshaus... dort wimmelt's nur so von Kläusen.»

Eiserne Stille. Dann: «Sehr witzig – ich habe Notstand. Und du kannst darüber lachen. Aber das Grinsen wird dir noch vergehen. Ich habe nämlich an dich gedacht...»

Daraufhin ist mir das Grinsen abrupt vergangen.

Ich versuche den Schwarzen Klaus Onkel Alphonse in die Schuhe zu schieben: «Der hat doch so eine richtige Bruchstimme...»

Eva hüstelt: «Diese Stimme kommt vom Saufen. Er war letztes Jahr dran. Als er zu den Kindern kam, war er bereits hinüber. Er schwankte wie die Tannen bei Sturm. Und sein Sack war bei Gott nicht das einzige, das voll war... dann hat er ihn mit Schwung ausgekippt. Und kippte gleich mit. Statt Mandarinchen kullerten Bierflaschen über den Teppich. Willst du, dass wieder Bierflaschen kullern...?» Evas Stimme klang vorwurfsvoll.

«Was haben denn die Kinder gesagt?»

«Superspitze!» seufzte Eva. «Die fanden den umgekippten Klaus Superspitze. Du siehst – so schwierig kann's gar nicht sein...»

Ich habe daraufhin das erste Herrenmodegeschäft am Ort aufgesucht: «Bitte einen Klausenmantel. Mit weissen Nerzmanschetten. Und weitem Fuchskragen...»

Die Verkäuferin schaute mich streng an: «Was spielen Sie wirklich – einen Santiklaus? Oder Charleys Tante?»

Man schickte mich in den Kostümverleih. Dort klebten sie mir Wattebauschiges ins Gesicht. Und drückten mir eine rabenschwarze Sonnenbrille auf die Nase: «So», flötete der Klaus-Verleiher, «so – jetzt kennt Sie kein Mensch. Und die Glocke kostet 20 Franken extra...»

«Wo ist der Esel?», wollte ich wissen.

Daraufhin rollte ein grauer Mottensack auf Rädern an: «Hier kommt er», strahlte das Männchen, «er heisst Kurt und ist der Freudenquell jedes Kinderherzens...»

Ich schaute etwas misstrauisch auf das lahme Flohpaket, wo an verschiedenen Stellen bereits Sägemehl heraustropfte. «Kostet nochmals 50 Franken», senkte der Verleiher verschämt die Augen. Und bei so viel Elend wusste ich, weshalb Onkel Alphonse vor dem Klausenbesuch zum Glas gegriffen hatte.

Als ich durch Olivers Strasse bimmelte und Eva zum Fenster herausschaute, schlug diese sofort das Kreuz: «Umhimmelsgottswillen!»

Hinter mir hüpfte ein Rattenschwanz von Kindern, zupfte am Roll-Esel und versuchte sich an meinen Sack zu machen. Durch Wattebausch und Dunkel-Brille behindert schlug ich wild und ohne Ziel um mich, rutschte auf dem Dohlendeckel aus und donnerte in Kurt, den Esel. Daraufhin schrien die Kinder beglückt: «Es schneit! es schneit!», aber es war nur Kurt, der explodierte und sein Sägemehl um sich warf.

Mit schmalen Lippen half mir Eva auf die Beine: «Also wirklich! Und himmelblaue Socken auch noch! Ein Santiklaus trägt doch nie himmelblaue Socken!»

Oliver, mein Göttibub, stürmte auf den Sack los: «Hast du mir den Heimcomputer gekauft?»

Aber da plumpsten nur ein paar Mandarinen aufs Trottoir.

«Schlaff!» brummte Oliver, «sackschlaff! – Onkel Alphonse hat uns zumindest noch zwei Flaschen Kirsch mitgebracht!»

Und damit, liebe Freunde, war das Glück mit Klaus – aus!

Hugo – der Esel

Die Krippe war uns Kindern wichtig. Enorm wichtig.

Am wichtigstens jedoch war Hugo, der Esel. Er hatte seine ureigene Familien-Geschichte. Und Weihnachten ohne Hugo wäre wie Heiligabend ohne Geschenkberg gewesen: eine Katastrophe!

Hugo war Mutters Schöpfung. Tante Martha hatte uns nämlich ihre Krippe überlassen. Mit viel Trari und Trara und «passt ja darauf auf, sie stammt noch aus dem Barock!» worauf meine Grossmutter die Nase rümpfte: «Seit wann gibt's im Barock Hartgummi.»

Soweit die Vorgeschichte.

Unserer Hartgummi-Familie aus Nazareth fehlte aber das wichtigste: der Esel. Und weil wir in der Sonntagsschule, wo wir unsere Herzlein läuterten, so viel über den braven Esel gehört hatten, war die Enttäuschung entsprechend gross.

«Wo ist denn der Esel?» riefen wir, als Tante Marthas geerbte Familie erstmals zu Füssen unserer Tanne campierte. «Und der Josef schaut auch so gehäuselt...», meckerte Rosie. Worauf Tante Martha zu weinen anfing und uns «undankbare Brut» nannte. Mutter rettete die Situation geschwind mit «Oh du fröhliche» und dem Versprechen: «Nächstes Jahr bringt euch das Christkind den Esel ganz bestimmt...»

Und es brachte.

Am 24. Dezember, morgens früh, schellte es Sturm. Rosie rannte an die Türe. Da war niemand. Nur ein Paket in weissem Papier. Und mit grosser roter Seidenschleife.

«Was das wohl ist?» wunderte sich Mutter. Und blinzelte Vater zu.

«Die Kinder sollen es öffnen», meinte dieser. Und dann schälten wir Hugo aus dem Seidenpapier – Hugo den Esel.

Viele Jahre später hat mir Mutter erzählt, sie sei in der ganzen Stadt herumgezogen, um einen Krippen-Esel zu finden. Alles umsonst. Die Verkäuferinnen hätten durchsbandweg gehänselt geguckt, bis es ihr schliesslich ausgehängt und sie einen Klumpen Bastel-Ton gekauft habe. Der Rest sei Kneten und Beten gewesen.

Das Resultat war entsprechend: Hugo wurde ein Zwitterding von Elefant und japanischer Zwergziege. Aber gerade das gefiel uns an Hugo. Wir legten ihn zur Heiligen Familie – und selbst Hartgummi-Josef unterbrach seinen grimmigen Blick eine Sekunde und lächelte, als er Hugo sah.

So kam Hugo Jahr für Jahr im weissen Paket mit der roten Schleife. Und als wir längst erwachsen waren, fragten wir am Weihnachtsmorgen Mutter immer zuerst nach Hugo: «Ist das Paket gekommen?» Wenn er dann neben Josef stand, war's wirklich Weihnachten.

Es kam der Tag, wo uns Mutter alleine zurück-
liess. Und wir nicht mehr Weihnachten feiern
mochten.
Als mein Vater schliesslich den Haushalt auflöste,
schickte er mir die Weihnachtssachen. Und die
Krippenfiguren von Tante Martha – noch immer
Hartgummi.
Letztes Jahr nun meldete er sich: «Du könntest
doch einen Baum machen – wie einst Mutter. Ich
lade die ganze Familie ein – die Sachen hast du
ja...»
Wir rüsteten also die Tanne, schmückten das
Haus, legten die barocke Hartgummi-Familie mit
dem grimmigen Josef unter die Äste – da entdeck-
ten wir's: Hugo fehlte. War nicht da. Weg!
Ich alarmierte die Familie. Keiner wusste Be-
scheid. Hugo war Mutters Sache gewesen. Wir alle
kannten Hugo nur im weissen Paket. Und unter
dem Baum.
Als nun der Moment kam, wo die Gäste in der
Stube darauf warteten, ins Weihnachtszimmer
aufbrechen zu dürfen, als ich mutterseelenalleine
im grossen Zimmer die Kerzen anzündete und leise traurig war, sah ich plötzlich: Hugo schaute in
seiner ganzen Hässlichkeit hinter dem Tannenast
hervor.
«Linda!», rief ich. Sie kam herbeigerannt, höchst
genervt, weil ich sie vom Kalbsnierenbraten weg-
geschrien hatte: «Linda – wo kommt dieser Esel

her?» Linda wischte sich die Hände an der Schürze ab: «Dummes Frage – heute morgen Sturm geklingelt an Türe. Da liegen weisses Paket mit roter Schleifiges – in Paket ist dieses Esel! Und ich nun zu Krippe gestellt...»

Ich schaute zu Josef. Und mir war, als hätte er wieder eine kurze Atemlänge gelächelt...